普通話速成
南人北語·初級

總主編 吳偉平　　編審 陳凡

商務印書館

普通話速成（南人北語・初級）

總 主 編：	吳偉平
編 審：	陳 凡
審 訂：	香港中文大學雅禮中國語文研習所
責任編輯：	毛永波
封面設計：	張 毅
出 版：	商務印書館 (香港) 有限公司
	香港筲箕灣耀興道 3 號東滙廣場 8 樓
	http://www.commercialpress.com.hk
發 行：	香港聯合書刊物流有限公司
	香港新界大埔汀麗路 36 號中華商務印刷大廈 3 字樓
印 刷：	美雅印刷製本有限公司
	九龍觀塘榮業街 6 號海濱工業大廈 4 樓 A
版 次：	2019 年 3 月第 5 次印刷
	© 2010 商務印書館 (香港) 有限公司
	ISBN 978 962 07 1903 5
	Printed in Hong Kong

目　錄

4 點菜

7 旅行

8 看病

附錄

練習參考答案

PREFACE 總序

The Yale-China Chinese Language Center (CLC) of The Chinese University of Hong Kong, founded in 1963, offers a variety of language training programs for students throughout the world who come to Hong Kong to learn Chinese. As a teaching unit of the University, CLC is responsible for teaching local students from Hong Kong who are learning Putonghua (Mandarin Chinese), and international students who are learning both Putonghua and Cantonese. Over the years, CLC has been playing a key role in three major areas in teaching Chinese as a Second Language (CSL): (1) Publication of teaching materials, (2) Teaching related research, and (3) Assessment tools that serve both the academic and the general public.

The Teaching Materials Project (TMP) aims to create and publish a series of teaching materials under the Pragmatic Framework, which reflects findings in sociolinguistic research and their applications in teaching CSL. Since most the learners are now motivated by the desire to use the language they learn in real life communication, a pragmatic approach in teaching and materials preparation is seen as a welcoming and much needed addition to the repertoire of CSL textbooks. The TMP covers the following categories of teaching materials in the CSL field:

Category I. Fast Course: Textbooks designed to meet the needs of many Putonghua or Cantonese learners of various language and culture backgrounds who prefer to take short courses due to various reasons.

Category II. Sector-specific Language Training Modules (SLTM): a modularized textbook geared towards the needs of learners in the same business (e.g. tourism) or professional (e.g. legal) sector.

Category III. Language in Communication: a set of multi-volume textbooks for Putonghua and Cantonese respectively, designed for the core program which serves the needs of full-time international students who are enrolled in our high-diploma Program in either Putonghua or Cantonese for a systematic approach to learning the language.

Characteristics of the textbook under each category above are explained, and special thanks expressed, under "Introduction and Acknowledgement" by the Editor(s) of each volume. As the TMP Leader and Series Editor of all volumes under the "CSL Teaching Materials Series", it's my privilege to launch and lead this project with the support of CLC teachers and staff. It also gives me great pleasure to work together with all editors and key members of the TMP team, as well as professionals from the Publishers, who are our great partners in the publication of the CSL Series.

Weiping M. Wu, Ph.D.
TMP Leader and Editor for the CSL Series
The Chinese University of Hong Kong
Shatin, Hong Kong SAR

INTRODUCTION 前言

　　《普通話速成（南人北語・初級）》是針對香港以粵語為母語人士的特點和需要編寫的系列普通話口語教材。教材共分三冊：第一冊"日常生活篇"、第二冊"社會生活篇"和第三冊"公開演講及說話技巧篇"，分別為初級、中級、高級程度教材。主要供學習普通話的大學在校學生和社會上業餘進修人士使用。

教材編寫理念

　　語用為綱：儘管在語言教學界目前已逐漸形成了一個共識：強調語言學習的最終目標不只是得到語言知識，不只是單純掌握標準的語音、規範的詞彙和語法形式，而是能夠運用這種語言交流信息、表達思想，完成社會生活中的各種交際任務。但是如何達到這一目標卻大有探索的空間，語言本體類為綱的教材和教法在此總是顯得力有不逮。我們努力嘗試以語用為綱，培養學習者根據語境使用得體語言的能力，並希望在教學大綱、教材製作、課堂活動以及語言測試中體現這一理念。具體到教材層面，我們通過設置"語境＋功能"的語用範例呈現語言材料，讓學生進行學習和操練，通過設計"語境＋功能"的練習使學生運用所學內容並產出言語，完成仿真的交際任務。教材依然提供相關的語言知識，學生通過學習漢語拼音，觀察普粵語言要素的對比，歸納語言規律，加強難點訓練，以期收到舉一反三、事半功倍之效。只要我們始終不忘記最終的教學目標是培養語言運用的能力，語言知識就能更好地為目的服務。

　　口語為本：學習者的學習目的應該是製作教材的依據。香港地區學習普通話人士的目的因人而異：有人為獲取資訊、方便工作、旅遊；有人為考試、拿學分、掙文憑；為興趣的也不乏其人。但多數人還是希望能通過學習具備普通話口語表達能力。教材中的課文無論是對話還是短文都採用口語語體。説話練習也集中在強化語音訓練和在一定的語境裏説話。

教材內容

　　本系列教材內容涉及日常生活、社會生活和公開場合演講及説話技巧，話題由淺入深，包含了多種語言功能，如介紹、查詢、提供資訊、描述、説明、批評、投訴、比較、建議等等。中高級教材還設有專門的單元針對語言功能進行練習。

教材結構

　　一、**課文**：以話題為中心，由 1-3 段對話或短句組成。每課課文的文字都配有漢語拼音，文字與拼音分兩邊排列，方便對照，也可以減少二者之間的干擾，或是過於依賴的情況。初級教材課文還配有廣東話對譯，便於普粵進行對比，發現差異。對不熟悉廣東話的授課教師也會有所幫助。

　　二、**註釋**：課文後有註釋部分，對課文中出現的普粵差異現象作進一步説明。

　　三、**詞語表**：列出課文中出現的難點詞語，主要針對語音難點或詞彙差異進行強化訓練。初級教材詞語表配有英文釋義，可供粵英雙語學習者參考。

　　四、**拼音知識及語音練習**：介紹語音知識，針對語音難點訓練。

　　五、**補充詞語**：提供配合當課主題的實用詞語，以擴大學生的詞彙量，同時練習語音。學生在進行説話練習時也可以在這一部分選擇需要的詞語。

　　六、**説話練習**：包括短句練習、情景説話練習等多種形式。情景説話練習模擬真實生活環境，需要學生通過分組活動、角色扮演等形式創造性地運用語言。如初級第三課：

情景説話練習：

　　"你在尖沙咀地鐵站裏，有幾位內地的遊客拿着地圖問你去海洋公園怎麼
　　走。現在請你告訴他們坐甚麼車，怎麼走。"

教材特點

　　強調語境和語言功能：教材各課圍繞話題、聯繫語境。每課各項環節努力將強化語音和培養説話能力這兩種訓練結合在一起。各種語言功能按照難易程度分插在初級、中級、高級三冊。初級教材雖不像中、高級那樣將功能單列出來加以突出，但依據情景的需要包括了介紹、推薦、查詢、描述、説明等不同的功能項。

　　針對香港粵語人士的學習難點：教材編寫者都是熟悉粵語並在教授香港人普通話方面有豐富經驗的資深教師，在教材的編寫過程中有意識地針對語音、詞語運用和表達方式的差異進行對比、強化。

　　編寫配置形式多樣的練習：從某種意義上説，練習的部分絕不是教材裏可有可無的部分，而是達至教學目標的重要階梯。練甚麼、怎麼練也是決定學習效果的關鍵。本教材重視練習的編寫，通過難點複習，鞏固學習效果。語音練習儘量配合話題，減少孤立的操練。除語音外還有針對詞語、説話的多種形式練習。在這一方面教方言區人士的普通話教材相對對外漢語教材顯得較為薄弱。

　　側重實用、強化口語訓練：課文和説話練習儘量選取貼近現實生活的語境。詞彙和表達方式的選取以實用為準則。説話訓練從第一課就開始，並貫穿全書。

　　明確階段目標、循序漸進提高説話能力：全書三冊階段性目標明確，從短語、句子訓練，到句型、語段訓練，再到篇章結構訓練，在提高學習者的語音準確度的同時，逐步加強成句、成段、成章的能力，增進説話的持續能力和提高流利度。

　　本教材是香港中文大學雅禮中國語文研習所"教材開發項目"的成果之一（見總序）。謹在此感謝項目負責人吳偉平博士在教材體系和編寫理念方面的宏觀指導以及在全書目錄、語言功能和相關語境方面的所提出的具體意見。本教材初稿在 2003 年已

完成並試用，之後又經過多次修訂和增補。曾經參與本教材編寫工作的老師有以下幾位：前期初稿編寫階段：朱小密、王浩勃、韓彤宇；後期增補修訂階段：陳凡、謝春玲；粵語課文及詞彙由本所廣東話組李兆麟老師提供。參加本書校對工作的老師有：韓晨宇、黃楹、寇志暉、林露、劉瑞、劉鍵、謝春玲、張欣、陳凡；負責錄音及製作的老師有：韓彤宇、黃楹、王浩勃、劉鍵、陳凡；特此一併致謝。由於時間和編者水平有限，本教材仍有不足和遺憾。如對本教材有任何建議請電郵至本研習所學術活動組組長：clc@cuhk.edu.hk。

編者謹志

2010 年 6 月

介紹

一　對話一：我是新來的同事

情景：盧先生是剛從內地來香港工作的專業人士，今天是他上班的第一天。

普通話	拼　音	廣東話
傅小姐： 早①。請問，您②找哪位？	*Fù xiǎojiě:* Zǎo. Qǐngwèn, nín zhǎo něi wèi?	**傅小姐：** 早晨。請問你搵邊位？
盧先生： 我姓盧，叫盧樂達。我是新來的同事。	*Lú xiānsheng:* Wǒ xìng Lú, jiào Lú Lèdá. Wǒ shì xīnlái de tóngshì.	**盧先生：** 我姓盧，叫盧樂達。我係新嚟嘅同事。
傅小姐： 哦，是盧先生，您好。我姓傅，叫傅麗，是倪經理的秘書。歡迎您。	*Fù xiǎojiě:* Ò, shì Lú xiānsheng, nín hǎo, wǒ xìng Fù, jiào Fù Lì, shì Ní jīnglǐ de mìshū. Huānyíng nín.	**傅小姐：** 哦，係盧先生，你好。我姓傅，叫傅麗，係倪經理嘅秘書。歡迎你。
盧先生： 謝謝你，傅小姐。	*Lú xiānsheng:* Xièxie nǐ, Fù xiǎojiě.	**盧先生：** 多謝你，傅小姐。
傅小姐： 您請跟我來一下兒。這就是您的辦公桌，有甚麼需要，就告訴我。	*Fù xiǎojiě:* Nín qǐng gēn wǒ lái yí xiàr. Zhè jiù shì nín de bàngōngzhuō, yǒu shénme xūyào, jiù gàosu wǒ.	**傅小姐：** 請你跟我嚟呢邊。呢度就係你辦公室個位，有啲乜嘢需要，就話我知。
盧先生： 好，謝謝。麻煩你了。	*Lú xiānsheng:* Hǎo, xièxie. Máfan nǐ le.	**盧先生：** 好，唔該晒。麻煩你嘑。

註釋：

① 早：早上與人見面打招呼時，普通話一般説"早"或"你早"等。"早晨"是表示時間的詞，不能用來打招呼。

② 您："你"的敬稱。多於一個人時，在後面加數量詞。如：您二位要點兒甚麼？您幾位樓上請。口語裏不説"您們"。説普通話時，如果對方是長輩、上級或是初次打交道的人，直接用"你"顯得不夠有禮貌。

二　對話二：我叫江志偉

情景：在朋友的聚會中，江醫生剛認識了從西安來的張先生。

普通話	拼　音	廣東話
江志偉： 張先生，您好，我叫江志偉。江是長江的江。朋友們更喜歡叫我的英文名字①。	*Jiāng Zhìwěi:* Zhāng xiānsheng, Nín hǎo, wǒ jiào Jiāng Zhìwěi. Jiāng shì Chángjiāng de jiāng. Péngyoumen gèng xǐhuan jiào wǒ de Yīngwén míngzi.	江志偉： 張先生，你好，我叫江志偉。江係長江個江。啲朋友都鍾意嗌我個英文名。
張先生： 叫英文名字是挺方便的。您是幹甚麼工作的？	*Zhāng xiānsheng:* Jiào Yīngwén míngzi shì tǐng fāngbiàn de. Nín shì gàn shénme gōngzuò de?	張先生： 嗌英文名係幾方便嘅。你係做咩工㗎？
江志偉： 我是個醫生， 在沙田醫院工作。	*Jiāng Zhìwěi:* Wǒ shì ge yīshēng, zài Shātián Yīyuàn gōngzuò.	江志偉： 我係醫生， 喺沙田醫院做嘢。
張先生： 巧了，我愛人也②是醫生。過兩天她會跟孩子來香港。	*Zhāng xiānsheng:* Qiǎo le, wǒ àiren yě shì yīshēng. Guò liǎng tiān tā huì gēn háizi lái Xiānggǎng.	張先生： 咁橋，我老婆都係醫生。過兩日佢會同啲細路嚟香港。
江志偉： 你的孩子多大了？	*Jiāng Zhìwěi:* Nǐ de háizi duōdà le?	江志偉： 你啲細路幾大嘩？
張先生： 我女兒③今年十四歲，喜歡旅遊和攝影。	*Zhāng xiānsheng:* Wǒ nǚ'ér jīnnián shísì suì, xǐhuan lǚyóu hé shèyǐng.	張先生： 我個女今年十四歲，鍾意去旅行同埋影相。

普通話	拼音	廣東話
江志偉：	*Jiāng Zhìwěi:*	江志偉：
那邊的是我太太和兒子，兒子不到六歲，上④幼兒園；太太在衛生署工作。等一會兒我給你介紹。	*Nàbiān de shì wǒ tàitai hé érzi, érzi bú dào liù suì, shàng yòu'éryuán; tàitai zài Wèishēngshǔ gōngzuò. Děng yíhuìr wǒ gěi nǐ jièshào.*	嗰邊嗰個係我老婆同埋個仔，個仔都未夠六歲，返緊幼稚園；老婆喺衛生署度做。等陣同你介紹。

註釋：

① 粵語口語中使用的單音節詞，在普通話口語中很多已經變成了雙音節詞。如：〔普／粵〕名字／名，女兒／女，兒子／仔，工作／工。

② 也：表示同樣的情況時，粵語用"都"。普通話用"也"，不用"都"。比如：你是醫生，真巧，我也是醫生。

③ 粵語有"我個女"、"我個仔"的説法，但普通話中量詞前的"這／那"不能省略，要説"我這個女兒／兒子"，或説"我女兒／兒子"。

④ 上：普通話沒有"返學"、"返幼稚園"的説法，表示到學校學習，用"上學"、"上幼兒園"；在規定時間去工作，説"上班"。

第二部分　詞語表

1.	請問	qǐngwèn	excuse me, I have a question...
2.	姓	xìng	surname
3.	叫	jiào	to be called
4.	經理	jīnglǐ	manager
5.	秘書	mìshū	secretary
6.	歡迎	huānyíng	welcome
7.	辦公桌	bàngōngzhuō	desk in an office
8.	需要	xūyào	need, require
9.	告訴	gàosu	tell
10.	麻煩	máfan	trouble

11. 朋友	péngyou	friend
12. 喜歡	xǐhuan	like, be fond of
13. 挺	tǐng	very, quite
14. 方便	fāngbiàn	convenient
15. 工作	gōngzuò	work, occupation, job
16. 醫院	yīyuàn	hospital
17. 巧	qiǎo	coincidence
18. 孩子	háizi	child, children
19. 女兒	nǚ'ér	daughter
20. 旅遊	lǚyóu	travel, tourism
21. 攝影	shèyǐng	take a photograph
22. 兒子	érzi	son
23. 幼兒園	yòu'éryuán	kindergarten, nursery school
24. 衛生署	Wèishēngshǔ	Department of health
25. 介紹	jièshào	introduce

第三部分　拼音知識及練習

一　漢語拼音方案

《漢語拼音方案》是 1958 年 2 月由全國人民代表大會批准公佈的法定拼音方案。1982 年國際標準化組織規定這個方案為拼寫漢語的國際標準。

漢語拼音方案包括：字母表、聲母表、韻母表、聲調符號、隔音符號五個部分。

漢語拼音已經廣泛運用在字典詞典注音、產品型號標記、辭書條目排序、書刊索引等方面，也是外國人和方言區人士學習普通話的必要工具。

二 **聲母表**

b	p	m	f		d	t	n	l
播	坡	摸	佛		得	特	訥	勒
g	k	h			j	q	x	
哥	科	喝			基	七	西	
zh	ch	sh	r		z	c	s	
知	吃	詩	日		資	雌	思	

三 **單元音韻母**

a	o	e		i	u	ü		ê
啊	喔	鵝		衣	屋	迂		誒

　　普通話的單韻母共有七個：a、o、e、ê、i、u、ü，其中 ê 除了在表示語氣的嘆詞 "欸"中單獨出現之外，總是以複合韻母的形式出現，例如 ie 和 üe。

四 **聲調**

1. 聲調是指一個音節中音高的高低升降。普通話的聲調一共有四個，稱為第一、第二、第三、第四聲，見右圖：

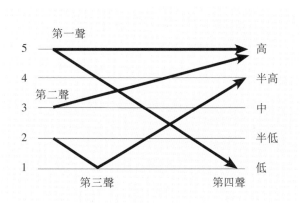

2. 聲調的讀法

調類	調值	調符	舉例
第一聲 (陰平)： 發音時保持高平，調值沒有變化	55 (高平)	ˉ	dā 搭

調類	調值	調符	舉例
第二聲（陽平）： 發音從中音開始往上升，升至最高音	35（高升）	╱	dá 達
第三聲（上聲）： 從半低開始，先降到最低，然後再升至半高	214（低曲升）	∨	dǎ 打
第四聲（去聲）： 從最高音開始，一降到底至最低	51（高降）	╲	dà 大

五　音節朗讀練習

1.　拼讀音節

	a	o	e	i	u	ü
b	ba	bo		bi	bu	
p	pa	po		pi	pu	
m	ma	mo		mi	mu	
f	fa	fo			fu	
d	da		de	di	du	
t	ta		te	ti	tu	
n	na		ne	ni	nu	nü
l	la		le	li	lu	lü
g	ga		ge		gu	
k	ka		ke		ku	
h	ha		he		hu	
j				ji		jü
q				qi		qü
x				xi		xü

2.　音節整體認讀

zi	ci	si	
zhi	chi	shi	ri
ji	qi	xi	

3.　分辨聲調

3.1　第一聲和第四聲

dì	dī
qī	qì
xù	xū
dì	qū

kè	kē
bā	bà
sū	sù
kè	chē

zì	zī
gū	gù
mō	mò
bì	xū

3.2　第二聲和第三聲

pó	pǒ
fǔ	fú
jí	jǐ
jí	tǐ

lú	lǔ
hǔ	hú
chǐ	chí
fú	lǔ

fá	fǎ
ké	kě
shé	shě
kǔ	dú

六　音節聽辨練習

注意聆聽，給下面的姓氏選出正確的拼音，並填在括號裏：

1. 畢（　　）　　　A. Pì　　　　　B. Bì　　　　　C. Dì

2. 倪（　　）　　　A. Ní　　　　　B. Lí　　　　　C. Tí

3. 車（　　）　　　A. Chē　　　　B. Zhē　　　　C. Shē

4. 朱（　　）　　　A. Zū　　　　　B. Jū　　　　　C. Zhū

5. 胡（　　）　　　A. Kú　　　　　B. Hú　　　　　C. Xú

6. 池（　　）　　　A. Chí　　　　B. Cí　　　　　C. Qí

7. 柯（　　）　　　A. Kā　　　　　B. Kū　　　　　C. Kē

8. 呂（　　）　　　A. Lǔ　　　　B. Lǚ　　　　C. Lǐ

9. 蘇（　　）　　　A. Sū　　　　B. Sī　　　　C. Sē

10. 狄（　　）　　　A. Dí　　　　B. Dé　　　　C. Dú

11. 曲（　　）　　　A. Qù　　　　B. Qú　　　　C. Qū

12. 馬（　　）　　　A. Mǎ　　　　B. Má　　　　C. Mà

13. 史（　　）　　　A. Shǐ　　　　B. Shí　　　　C. Shì

14. 伍（　　）　　　A. Wū　　　　B. Wú　　　　C. Wǔ

15. 俞（　　）　　　A. Yǔ　　　　B. Yū　　　　C. Yú

16. 賀（　　）　　　A. Hé　　　　B. Hè　　　　C. Hě

17. 查（　　）　　　A. Zhā　　　　B. Zhà　　　　C. Zhǎ

18. 魯（　　）　　　A. Lù　　　　B. Lǚ　　　　C. Lú

19. 紀（　　）　　　A. Jì　　　　B. Jǐ　　　　C. Jí

20. 伊（　　）　　　A. Yī　　　　B. Yí　　　　C. Yì

七　輕聲

1. 有些普通話的音節在別的音節後面，讀得輕而短，失去原有的調值，我們就稱它為輕聲。輕聲是一種特殊的變調。《漢語拼音方案》規定輕聲不標聲調符號。

2. 請朗讀以下帶輕聲的親屬稱謂

爸爸 bàba	媽媽 māma	爺爺 yéye	奶奶 nǎinai
姥姥 lǎolao	姥爺 lǎoye	公公 gōnggong	婆婆 pópo
伯伯 bóbo	叔叔 shūshu	姑姑 gūgu	舅舅 jiùjiu
哥哥 gēge	弟弟 dìdi	姐姐 jiějie	妹妹 mèimei

八 拼音書寫規則

1. ü 和 ü 開頭的韻母跟聲母 j、q、x 拼的時候，寫成 ju（居）、qu（區）、xu（需），ü 上面的兩點省略。但是跟聲母 n、l 拼的時候，為了跟 u 區分，ü 仍然要保留兩點，寫成 nü（女）、lü（呂）。

nǔpú 女僕　　　　　núpú 奴僕　　　　　lùyīn 綠茵　　　　　lùyīn 錄音

2. 漢語姓名拼音的寫法：漢語姓名中的姓氏和名字分開寫，分寫的各部分開頭的字母大寫。如：李小龍 Lǐ Xiǎolóng。

第四部分　補充詞語

一 常見姓氏

Lǐ, mù zǐ Lǐ
李，木子李

Chén, ěr dōng Chén
陳，耳東陳

Zhāng, gōng cháng Zhāng
張，弓長張

Zhāng, lì zǎo Zhāng
章，立早章

Lín, shuāng mù Lín
林，雙木林

Hé, rén kě Hé
何，人可何

Xú, shuānglìrén Xú
徐，雙立人徐

Xǔ, yán wǔ Xǔ
許，言午許

Wú, kǒu tiān Wú
吳，口天吳

Hú, gǔ yuè Hú
胡，古月胡

二 職業

| 售貨員 | shòuhuòyuán | 消防員 | xiāofángyuán | 教師 | jiàoshī |
| 髮型師 | fàxíngshī | 司機 | sījī | 記者 | jìzhě |

經紀人	jīngjìrén	導遊	dǎoyóu	會計	kuàijì
文員	wényuán	編輯	biānjí	護士	hùshi
公關	gōngguān	醫生	yīshēng	警察	jǐngchá
家務助理	jiāwù zhùlǐ	工程師	gōngchéngshī	律師	lùshī

三 學員姓名及職業

四 普粵詞語對比

普通話	拼音	廣東話
1. 姐姐	jiějie	家姐
2. 哥哥	gēge	大佬
3. 弟弟	dìdi	細佬
4. 外公／姥爺	wàigōng／lǎoye	阿公、公公
5. 外婆／姥姥	wàipó／lǎolao	阿婆、婆婆
6. 爺爺	yéye	阿爺
7. 奶奶	nǎinai	阿嫲
8. 公公	gōnggong	老爺、家公
9. 婆婆	pópo	奶奶、家婆
10. 岳父	yuèfù	外父
11. 岳母	yuèmǔ	外母
12. 伯父	bófù	大伯、世伯
13. 伯母	bómǔ	伯母、伯娘

普通話	拼音	廣東話
14. 舅舅	jiùjiu	舅父
15. 舅媽	jiùmā	舅母
16. 嫂子	sǎozi	阿嫂
17. 弟媳／弟妹	dìxí／dìmèi	弟婦
18. 姑姑	gūgu	姑姐、姑媽
19. 姨	yí	姨媽、阿姨、姨仔
20. 外甥	wàisheng	姨甥

第五部分　説話練習

一　短句練習

例　句	
1. 好，我來介紹一下。	Hǎo, wǒ lái jièshào yíxià.
2. 這位是黃經理。	Zhè wèi shì Huáng jīnglǐ.
3. 王處長，認識您很高興。	Wáng chùzhǎng, rènshi nín hěn gāoxìng.
4. 我們歡迎新同事説幾句話。	Wǒmen huānyíng xīn tóngshì shuō jǐ jù huà.
5. 好，那我就介紹一下自己吧。	Hǎo, nà wǒ jiù jièshào yíxià zìjǐ ba.
6. 我在會計公司工作過。	Wǒ zài kuàijì gōngsī gōngzuò guo.
7. 我很高興能跟大家一起工作。	Wǒ hěn gāoxìng néng gēn dàjiā yìqǐ gōngzuò.
8. 今後還請各位多多幫忙。	Jīnhòu hái qǐng gè wèi duōduō bāngmáng.
9. 我先説到這兒吧。	Wǒ xiān shuōdào zhèr ba.
10. 謝謝各位。	Xièxie gè wèi.

■ 在較正式場合的介紹

1. 在新公司第一天上班，請你向參加歡迎會的各位同事介紹一下你自己。

2. 在中港兩地的交流活動中，把你的同事／領導介紹給接待你們的有關人員。

■ 在非正式場合的介紹

1. 在朋友聚會中，介紹一下你在這個班新認識的一位同學。

2. 班上的同學到你家做客，請把他們介紹給你的家人。

第一部分　課文

一　對話一：對不起，您打錯了

　　情景：老李想給熟人小黎打電話。

普通話	拼音	廣東話
甲： 喂，小黎嗎？我是老李啊，………	*Jiǎ:* Wéi, Xiǎo Lí ma? Wǒ shì Lǎo Lǐ a, …	甲： 喂，係咪小黎呀？我係老李呀，……
乙： 您找誰？對不起①，我聽不清楚，請您大點兒聲②。	*Yǐ:* Nín zhǎo shéi? Duìbuqǐ, wǒ tīng bu qīngchu, qǐng nín dà diǎnr shēng?	乙： 你搵邊個？唔好意思，我聽唔清楚，你可唔可以大聲啲？
甲： 喂，我想找小黎，黎寶兒。	*Jiǎ:* Wéi, wǒ xiǎng zhǎo Xiǎo Lí, Lí Bǎo'ér.	甲： 喂，我想搵小黎呀，黎寶兒呀。
乙： 黎寶兒？對不起，我們這兒沒有姓黎的。您打錯了。	*Yǐ:* Lí Bǎo'ér? Duìbuqǐ, wǒmen zhèr méiyǒu xìng Lí de. Nín dǎcuò le.	乙： 黎寶兒？唔好意思，我哋呢度冇姓黎嘅，你打錯電話喇。
甲： 哦，對不起。請問一下兒，這裏的號碼是不是 795134？	*Jiǎ:* Ò, duìbuqǐ. Qǐngwèn yíxiàr, zhèlǐ de hàomǎ shì bu shì qī jiǔ wǔ yāo sān sì?	甲： 哦，唔好意思。借問聲呢度係咪 795134？

普通話	拼　音	廣東話
乙： 不是，這裏是快餐店，號碼是 795144。您再試一次③吧④。	*Yǐ:* Bú shì, zhèlǐ shì kuàicāndiàn, hàomǎ shì qī jiǔ wǔ yāo sì sì. Nín zài shì yí cì ba.	乙： 唔係呀，呢度係快餐店，電話係 795144。你試吓再打多次啦。

註釋：

①　"對不起"和"不好意思"："對不起"是表示抱歉的套話，如：對不起，您打錯了。在這種情況下普通話一般不用"不好意思"。"不好意思"主要用於表示"害羞、難為情"，如：在那麼多人面前出錯，她覺得很不好意思。/ 有甚麼困難就找朋友幫忙，別不好意思説。

②　大點兒聲：在祈使句中，讓對方稍微提高或降低音量時常用"大點兒聲"或"你小點兒聲"。而粵語則説"大聲啲"或"大聲小小"。

③　再試一次：表示將要重複的動作並帶有數量詞時，普通話和粵語都會用"再"。不過粵語常常在動詞和數量詞中間加上"多"，如：再試多幾次、再講多一次，等等。但普通話不用"多"，往往只説：再試幾次、再説一遍、再過兩個月，等等。

④　吧：可以用來表示請求或建議的語氣。如：你再打一次吧。不説："你再打多次啦"。

二　對話二：勞駕您，請轉告他……

情景：賴小姐是文化圖書公司的營業員，因公事要打電話到利達公司找柯先生。

普通話	拼　音	廣東話
秘書： 發展部經理室，請問您是哪位？	*Mìshū:* Fāzhǎnbù jīnglǐshì, qǐngwèn nín shì něi wèi?	秘書： 發展部經理室，請問你係邊位？
賴小姐： 麻煩您，請柯先生聽電話。	*Lài xiǎojiě:* Máfan nín, qǐng Kē xiānsheng tīng diànhuà.	賴小姐： 唔該，我想請柯先生聽電話。
秘書： 對不起，他正在①開會。請問您貴姓？	*Mìshū:* Duìbuqǐ, tā zhèngzài kāihuì, qǐngwèn nín guìxìng?	秘書： 唔好意思，柯先生開緊會，請問你貴姓？

普通話	拼　音	廣東話
賴小姐： 我姓賴，是文化圖書公司的營業員。我有急事找柯先生。 勞駕 ② 您，請轉告他給我回個電話 ③，好嗎？最好是下午四點以前。	*Lài xiǎojiě:* Wǒ xìng Lài, shì Wénhuà Túshū Gōngsī de yíngyèyuán. Wǒ yǒu jíshì zhǎo Kē xiānsheng. Láojià nín, qǐng zhuǎngào tā gěi wǒ huí ge diànhuà, hǎo ma? Zuìhǎo shì xiàwǔ sì diǎn yǐqián.	**賴小姐：** 我姓賴，係文化圖書公司嘅營業員，我有急事搵柯生。 麻煩你幫我轉告佢知，叫佢覆返我電話，可以嗎？最好喺下晝四點鐘前。
秘書： 好的，沒問題。您的電話號碼是……？	*Mìshū:* Hǎo de, méi wèntí. Nín de diànhuà hàomǎ shì…?	**秘書：** 好，冇問題。嗽你個電話號碼係……？
賴小姐： 我的電話號碼是 263584。	*Lài xiǎojiě:* Wǒ de diànhuà hàomǎ shì èr liù sān wǔ bā sì.	**賴小姐：** 我電話號碼係 263584。

註釋：

① 正在：表示動作或狀態在進行或持續當中，普通話用"正在"、"正……呢"，如：他正在開會。/ 她正打電話呢。粵語則用"動詞 ＋ 緊"表示。

② 勞駕：是請求別人做事情或讓路時用的客套話。如：勞您駕，請把這個遞過去。/ 勞駕，讓一讓。

③ 回電話：粵語說"覆電話"，普通話說"回電話"。"回覆"一詞粵普各取一半。

三　電話留言

普通話	拼　音	廣東話
（電話留言） 對不起，我不在。請留言。	*(Diànhuà Liúyán)* Duì bu qǐ, wǒ bú zài. Qǐng liúyán.	（電話留言） 唔好意思，我而家唔喺度，請留言。

普通話	拼　音	廣東話
范先生，我是利達公司的麥本南，我想通知你，原定明天下午兩點半開的會現在改到四點鐘，不過我們最好提前一刻鐘①到。開完會之後，還要陪客人參觀一下兒。如果有甚麼問題，請打 904537 跟我聯繫。謝謝，再見。	Fàn xiānsheng, wǒ shì Lìdá Gōngsī de Mài Běnnán, wǒ xiǎng tōngzhī nǐ, yuándìng míngtiān xiàwǔ liǎng diǎn bàn kāi de huì xiànzài gǎidào sì diǎnzhōng, búguò wǒmen zuìhǎo tíqián yí kè zhōng dào. kāiwán huì zhīhòu, hái yào péi kèrén cānguān yíxiàr. Rúguǒ yǒu shénme wèntí, qǐng dǎ jiǔ líng sì wǔ sān qī gēn wǒ liánxì. Xièxie, zàijiàn.	范先生，我係利達公司嘅麥本南，我想通知你，原定聽日下晝兩點半開嘅會而家改咗四點鐘，不過我哋最好早十五分鐘到。開完會之後，仲要陪客人參觀。如果有咩問題，請打 904537 同我聯絡。唔該晒，再見。

註釋：

普粵語時間表達上的差異：

粵語	普通話	粵語	普通話
一個字	五分鐘	踏半	……半
三個字	一刻鐘、十五分鐘	一個鐘	一個鐘頭、一個小時

第二部分　詞語表

1. 對不起　　　duìbuqǐ　　　excuse me; sorry
2. 找　　　　　zhǎo　　　　look for
3. 聽　　　　　tīng　　　　listen to
4. 清楚　　　　qīngchu　　　clear
5. 大聲　　　　dàshēng　　　loud
6. 錯　　　　　cuò　　　　　wrong
7. 號碼　　　　hàomǎ　　　　number
8. 試　　　　　shì　　　　　to try

9.	發展部	fāzhǎnbù	Department of Development
10.	經理室	jīnglǐshì	the manager office
11.	貴姓	guìxìng	(pol.) your surname
12.	文化	wénhuà	culture
13.	圖書	túshū	books
14.	公司	gōngsī	company
15.	營業員	yíngyèyuán	sales executive
16.	急事	jíshì	urgent matter
17.	勞駕	láojià	excuse me
18.	轉告	zhuǎngào	send word

第三部分　拼音知識及練習

一　複韻母

1. 複韻母表

由兩個或三個單韻母組成的韻母叫複韻母。這樣的韻母在普通話裏共有 13 個：ai、ei、ao、ou、ia、ie、iao、iou、ua、uo、uai、uei、üe。

	i	u	ü
a	ia 呀	ua 蛙	
o		uo 窩	
e	ie 耶		üe 約
ai 唉		uai 歪	
ei 欸		uei 威	
ao 熬	iao 腰		
ou 歐	iou 優		

2. 朗讀練習

1） ai－ei

開採 kāicǎi　　　災害 zāihài　　　北美 Běiměi　　　肥美 féiměi

曖昧 àimèi　　　黑白 hēibái

2） ao－ou

高燒 gāoshāo　　　報告 bàogào　　　歐洲 Ōuzhōu　　　守候 shǒuhòu

招手 zhāoshǒu　　　頭腦 tóunǎo

3） ia－ie－üe

加價 jiājià　　　恰恰 qiàqià　　　結業 jiéyè　　　謝謝 xièxie

佳節 jiājié　　　跌價 diējià

約略 yuēlüè　　　血壓 xuèyā　　　下雪 xiàxuě

4） iao－iou

小巧 xiǎoqiǎo　　　笑料 xiàoliào　　　求救 qiújiù　　　優秀 yōuxiù

交流 jiāoliú　　　郵票 yóupiào

5） ua－uo

畫畫 huàhuà　　　娃娃 wáwa　　　錯過 cuòguò　　　窩火 wōhuǒ

花朵 huāduǒ　　　説話 shuōhuà

6） uai－uei

外快 wàikuài　　　摔壞 shuāihuài　　　退回 tuìhuí　　　墜毀 zhuìhuǐ

衰退 shuāituì　　　對外 duìwài

3. 聽寫練習

1. 台北 T____ b ____　　　2. 內在 n____ z ____　　　3. 好受 h ____ sh ____

4. 構造 g＿＿＿ z＿＿＿　　5. 下瀉 x＿＿＿ x＿＿＿　　6. 接洽 j＿＿＿ q＿＿＿

7. 節約 j＿＿＿ ＿＿＿　　8. 藥酒 ＿＿＿ j＿＿＿　　9. 丟掉 d＿＿＿ d＿＿＿

10. 瓜果 g＿＿＿ g＿＿＿　11. 國畫 g＿＿＿ h＿＿＿　12. 外匯 ＿＿＿ h＿＿＿

13. 毀壞 h＿＿＿ h＿＿＿　14. 回話 h＿＿＿ h＿＿＿　15. 開會 k＿＿＿ h＿＿＿

4. 翹舌韻母 er

在普通話中，er 這個韻母總是自成音節，不會和其他聲母相拼。發音時，舌頭位置與發單韻母 e 時差不多，但需將舌尖翹起，對着硬腭。例如：

érzi 兒子	yòu'éryuán 幼兒園	Wēi'ěrsī 威爾斯
nǔ'ér 女兒	dì'èr kè 第二課	èr niánjí 二年級

拼音書寫規則

1. 聲調標示規則

1.1. 聲調符號應標示在一個音節的韻母上，如果一個音節中不只一個韻母，就應該標在開口度比較大的韻母上，也就是說，有 a 就標在 a 上，沒有 a 找 o、e，i 和 u 同時出現的時候，標在後頭的一個韻母上。

1.2. 沒有聲調符號的音節表示是輕聲。

1.3. 以下是一些聲調標示規則的例子：

Fù mìshū 傅秘書	Jiāng tàitai zǎo 江太太早	Shātián 沙田
gōngzuò 工作	dōu 都	xièxie 謝謝
nǎ wèi 哪位	jiù 就	liù suì 六歲
xiānsheng 先生	xiǎojiě 小姐	

2. 單韻母 i，u，ü 在字頭的寫法

2.1. i 自成音節和 i 開頭的韻母，前面沒有聲母時，應寫為：

yi 衣、yin 音、ying 英；

ya 呀，ye 耶，yao 要，you 優，yan 煙，yang 央，yong 庸。

2.2. u 自成音節和 u 開頭的韻母，前面沒有聲母時，應寫為：

wu 屋、wa 蛙、wo 窩、wai 歪、wei 威、wan 灣、wen 溫、wang 汪、weng 翁。

2.3. ü 自成音節和 ü 開頭的韻母，前面沒有聲母時，ü 上兩點要省去，應寫為：

yu 迂、yue 約、yuan 冤、yun 暈。

2.4. iou，uei 和 uen 單獨出現和帶聲母時的寫法分別為：

you 油，niu 牛；wei 威，dui 堆；wen 聞， tun 屯。

第四部分　補充詞語

一　數目字

líng	yī	èr	sān	sì	wǔ	liù	qī	bā	jiǔ	shí	bǎi	qiān
零	一	二	三	四	五	六	七	八	九	十	百	千

二　時間

1：00	一點	yī diǎn
2：05	兩點零五分	liǎng diǎn líng wǔ fēn
4：15	四點十五分	sì diǎn shíwǔ fēn
6：15	六點一刻	liù diǎn yí kè
7：30	七點半	qī diǎn bàn
9：45	九點三刻	jiǔ diǎn sān kè
12：00	十二點整	shí'èr diǎn zhěng

三　普粵詞語對比

普通話	拼音	廣東話
（一）錢的説法		
1. 鈔票 / 票子	chāopiào / piàozi	銀紙
2. 零錢	língqián	散紙
3. 破開	pò kāi	唱散
4. 鋼鏰兒 / 硬幣	gāng bèngr / yìngbì	銀仔
5. 元 / 塊	yuán / kuài	蚊
6. 一塊五	yí kuài wǔ	個半
7. 一毛錢	yì máo qián	一毫子
8. 工資	gōngzī	人工
9. 壓歲錢 / 紅包	yāsuìqián / hóngbāo	利是
10. 砍價	kǎn jià	講價
（二）時間的説法		
1. 一小時	yì xiǎoshí	一個鐘、一粒鐘
2. 五分鐘	wǔ fēnzhōng	一個字
3. 一刻鐘	yí kè zhōng	三個字
4. 一會兒	yíhuìr	一陣間
5. 早上	zǎoshang	朝早、朝頭早
6. 白天	báitiān	日頭
7. 下午	xiàwǔ	下晝
8. 晚上	wǎnshang	夜晚、晚黑
9. 昨天	zuótiān	琴日
10. 很晚了	hěn wǎn le	好夜喇

第五部分   説話練習

一   常見電話用語

例　句	
1. 請問您找哪位？	Qǐngwèn nín zhǎo nǎ wèi?
2. 請問是哪一位？	Qǐngwèn shì nǎ yí wèi?
3. 對不起，他出去了。	Duìbuqǐ, tā chūqù le.
4. 對不起，她現在不在。	Duìbuqǐ, tā xiànzài bú zài.
5. 我可以留個口信兒嗎？	Wǒ kěyǐ liú ge kǒuxìnr ma?
6. 你知道他甚麼時候回來嗎？	Nǐ zhīdào tā shénme shíhou huílái ma?
7. 我有點兒事情要告訴他，您可以不可以替我轉告？	Wǒ yǒu diǎnr shìqing yào gàosu tā, nín kěyǐ bù kěyǐ tì wǒ zhuǎngào?
8. 不用了，我回頭再給她打個電話。	Bú yòng le, Wǒ huítóu zài gěi tā dǎ ge diànhuà.
9. 請等一下兒，先別掛電話。	Qǐng děng yíxiàr, xiān bié guà diànhuà.
10. 好吧，就這樣吧。	Hǎo ba, jiù zhèyàng ba.

二   回答電話查詢

甲和乙是電話查號台的接線員，需要快速、清楚地回答查詢。以下是一些機構的電話號碼，看誰可以在一定的時間內服務的客人最多。

長沙路上海飯店	Chángshālù Shànghǎi Fàndiàn	690083
南京路游泳館	Nánjīnglù yóuyǒngguǎn	276591
旺角快餐廳	Wàngjiǎo Kuàicāntīng	243309
佐敦酒家	Zuǒdūn Jiǔjiā	352897
九龍文化中心	Jiǔlóng Wénhuà Zhōngxīn	905837

尖沙咀圖書公司	Jiānshāzuǐ Túshū Gōngsī	135078
中環酒店	Zhōnghuán Jiǔdiàn	705649
金鐘幼兒園	Jīnzhōng Yòu'éryuán	176262
灣仔會議中心	Wānzǎi Huìyì Zhōngxīn	356483
荃灣利達行	Quánwān Lìdáháng	901867

三　三人一組，做一段非正式場合的電話對話

> **角色 A：** 打電話找熟人 C 說說關於一起去打球的事，可是第一次的電話打錯了。
>
> **角色 B：** 正在嘈雜的環境裏，接到一個打錯了的電話，很不耐煩。
>
> **角色 C：** 正想告訴 A 要更改打球的時間。

四　電話留言

兩人一組，一位同學做一段電話留言，提供給朋友有關一起去活動的信息，如見面時間、地點、活動內容（如：看電影、買東西、聽演唱會）等。另一位同學將留言復述一遍。

五　正式場合的電話對話

兩人一組，做一段較為正式場合的電話對話。作為公司的代表邀請另一個公司的領導人前來參加重要的活動，並擔任嘉賓發言。

一 對話一：請問，去大學坐甚麼車？

情景：內地遊客小游在尖沙咀，想打聽去中文大學該坐甚麼車。

普通話	拼音	廣東話
小游： 請問，去中文大學該坐① 甚麼車？	*Xiǎo Yóu:* Qǐngwèn, qù Zhōngwén Dàxué gāi zuò shénme chē?	小游： 唔該，去中文大學應該搭咩車？
路人： 坐火車去最方便。我們現在在紅磡，你看見前頭的公共汽車站了嗎？	*Lùrén:* Zuò huǒchē qù zuì fāngbiàn. Wǒmen xiànzài zài Hóngkàn, nǐ kànjiàn qiántou de gōnggòng qìchēzhàn le ma?	路人： 坐火車去最方便，我哋而家喺紅磡，你睇到前面個巴士站嗎？
小游： 是不是天橋下面那兒？	*Xiǎo Yóu:* Shì bu shì tiānqiáo xiàmiàn nàr?	小游： 係唔係天橋下面嗰度？
路人： 對。你從那兒上一個扶手電梯就可以到火車站。你坐往羅湖方向的車，經過旺角、九龍塘、大圍、沙田、火炭五個站，就到大學了。	*Lùrén:* Duì. Nǐ cóng nàr shàng yí ge fúshǒu diàntī jiù kěyǐ dào huǒchēzhàn. Nǐ zuò wǎng Luóhú fāngxiàng de chē, jīngguò Wàngjiǎo, Jiǔlóngtáng, Dàwéi, Shātián, Huǒtàn wǔ ge zhàn, jiù dào Dàxué le.	路人： 係。你喺果度上扶手電梯就到火車站。之後你坐羅湖方向嘅車，經過旺角、九龍塘、大圍、沙田、火炭五個站，就去到大學嘑。
小游： 不用倒車② 嗎？	*Xiǎo Yóu:* Búyòng dǎo chē ma?	小游： 使唔使轉車？

普通話	拼音	廣東話
路人： 不用，不用。	*Lùrén:* Búyòng, búyòng.	路人： 唔使，唔使。
小游： 謝謝您。	*Xiǎo Yóu:* Xièxie nín.	小游： 唔該哂。
路人： 別客氣。	*Lùrén:* Bié kèqi.	路人： 唔好客氣。

註釋：

① 坐：乘搭交通工具普通話口語裏用"坐"，一般不用"乘"、"搭"。如：坐小巴／坐船／坐飛機。

② 倒車：中途換車在普通話中可以用"轉車 zhuǎn chē"或是"倒車 dǎo chē"。"倒"在表示轉換的意思時要讀第三聲"dǎo"，如：倒手／倒班等。如果唸成第四聲"dào chē"，"倒車"的意思就是把車向後退。

二　對話二：請問，怎麼走？

情景：小游在大學火車站，想打聽去音樂廳怎麼走。

普通話	拼音	廣東話
小游： 請問，去中文大學該往東走還是往西走①？	*Xiǎo Yóu:* Qǐngwèn, qù Zhōngwén Dàxué gāi wǎng dōng zǒu háishi wǎng xī zǒu?	小游： 唔該，去中文大學應該向東行定向西行？
路人： 我不清楚是往東還是往西，不過我知道應該往左走。	*Lùrén:* Wǒ bù qīngchu shì wǎng dōng háishi wǎng xī, búguò wǒ zhīdào yīnggāi wǎng zuǒ zǒu.	路人： 我唔知向東定向西，不過我知道應該向左行。
小游： 您知道要走多久嗎？	*Xiǎo Yóu:* Nín zhīdào yào zǒu duō jiǔ ma?	小游： 嗽你知唔知要行幾耐？
路人： 前頭出了檢票口就是中文大學了。	*Lùrén:* Qiántou chū le jiǎnpiàokǒu jiù shì Zhōngwén Dàxué le.	路人： 前面出咗閘就係中文大學。

普通話	拼　音	廣東話
小游：	*Xiǎo Yóu:*	小游：
謝謝。還想請問一下兒，音樂廳離這裏遠不遠，該怎麼走？	*Xièxie. Hái xiǎng qǐngwèn yíxiàr, yīnyuètīng lí zhèlǐ yuǎn bu yuǎn, gāi zěnme zǒu?*	唔該。我仲想問，音樂廳離呢度遠唔遠，我應該點行？
路人：	*Lùrén:*	路人：
不太遠，大概走十分鐘就到了。你可以從這裏穿過停車場，然後一直往上走，看見教學樓的時候往左拐②，音樂廳就在對面兒。	*Bú tài yuǎn, dàgài zǒu shí fēnzhōng jiù dào le. Nǐ kěyǐ cóng zhèlǐ chuānguò tíngchēchǎng, ránhòu yìzhí wǎng shàng zǒu, kànjiàn jiàoxuélóu de shíhou wǎng zuǒ guǎi, yīnyuètīng jiù zài duìmiànr.*	唔係好遠，大概行十分鐘就到，你可以喺呢度穿過停車場，然後一直往上走，見到教學樓就向左轉，就見到對面係音樂廳。

註釋：

① 　走：“行走”一詞中的兩個單音節語素在普粵語中使用的情況不同。普通話常用“走”，如：走路，一直走，走不動了，等等。粵語常用“行”。粵語裏的“走”還含有“跑”的意思。

② 　往左拐：粵語裏説“轉左”、“轉右”，普通話則説“向左拐”或“往右拐”，“拐彎”。

三　香港的交通

普通話

　　香港的公共交通十分發達，有地鐵、火車、公共汽車、輪渡；在香港島還有收費便宜的有軌電車；除此之外，停站靈活的小巴也為乘客帶來不少方便。不過小巴和電車都沒有報站服務，對不熟悉香港街道的遊客來説，不算最方便。

　　還有一點要注意的是，由於香港的車輛是靠左行駛，外地來的遊客在過馬路時，必須格外小心，看錯方向可是非常危險的事。

拼　音

　　Xiānggǎng de gōnggòng jiāotōng shífēn fādá, yǒu dìtiě、huǒchē、gōnggòng qìchē、lúndù; zài Xiānggǎngdǎo hái yǒu shōufèi piányi de yǒuguǐ diànchē; chú cǐ zhīwài, tíng zhàn línghuó de xiǎobā yě wèi chéngkè dàilái bùshǎo fāngbiàn. Búguò xiǎobā hé diànchē dōu méiyǒu bào zhàn fúwù, duì bù shúxī Xiānggǎng jiēdào de yóukè lái shuō, bú suàn zuì fāngbiàn.

　　Háiyǒu yì diǎn yào zhùyì de shì, yóuyú Xiānggǎng de chēliàng shì kào zuǒ xíngshǐ, wàidì lái de yóukè zài guò mǎlù shí, bìxū géwài xiǎoxīn, kàncuò fāngxiàng kě shì fēicháng wēixiǎn de shì.

第二部分　詞語表

1.	天橋	tiānqiáo	pedestrians' overpass
2.	倒車	dǎochē	change (transport)
3.	別客氣	bié kèqi	that all right, you are welcome
4.	知道	zhīdào	know
5.	大概	dàgài	probably
6.	穿過	chuānguò	pass through
7.	拐	guǎi	turn, change direction
8.	交通	jiāotōng	traffic
9.	地鐵	dìtiě	subway
10.	輪渡	lúndù	ferry
11.	收費	shōufèi	fees
12.	便宜	piányi	cheap, inexpensive
13.	有軌電車	yǒuguǐ diànchē	streetcar, trolley, tram
14.	靈活	línghuó	flexible, elastic
15.	乘客	chéngkè	passenger(s)
16.	服務	fúwù	service, serve
17.	熟悉	shúxī	know very well
18.	街道	jiēdào	street, road
19.	車輛	chēliàng	vehicles
20.	行駛	xíngshǐ	go (of vehicle or ship)
21.	外地	wàidì	abroad
22.	必須	bìxū	must, have to
23.	格外	géwài	especially
24.	危險	wēixiǎn	dangerous

第三部分　拼音知識及練習

一　複韻母復習

1. 對比練習

1)　ai－ei

| 來電 láidiàn | 雷電 léidiàn | 耐心 nàixīn | 內心 nèixīn |
| 成敗 chéngbài | 成倍 chéngbèi | 擺佈 bǎibu | 北部 běibù |

2)　ao－ou

| 等號 děnghào | 等候 děnghòu | 嗜好 shìhào | 事後 shìhòu |
| 掏錢 tāo qián | 偷錢 tōu qián | 稻子 dàozi | 豆子 dòuzi |

3)　ia－ie

| 加班 jiābān | 接班 jiēbān | 夾層 jiācéng | 階層 jiēcéng |
| 減價 jiǎnjià | 簡介 jiǎnjiè | 假條 jiàtiáo | 借條 jiètiáo |

4)　iao－iu

| 消息 xiāoxi | 休息 xiūxi | 叫座 jiàozuò | 就坐 jiùzuò |
| 生效 shēngxiào | 生銹 shēngxiù | 轎車 jiàochē | 舊車 jiùchē |

5)　ua－uo

| 掛失 guàshī | 過失 guòshī | 進化 jìnhuà | 進貨 jìnhuò |
| 滑動 huádòng | 活動 huódòng | 挖心 wā xīn | 窩心 wōxīn |

6)　uai－ui

| 歪斜 wāixié | 威脅 wēixié | 排外 páiwài | 牌位 páiwèi |
| 外國 wàiguó | 衛國 wèiguó | 外勞 wàiláo | 慰勞 wèiláo |

2. 請將帶點詞語的複韻母寫在空格裏。

2.1. 往右 ＿＿＿＿＿ 拐 ＿＿＿＿＿，先經過 ＿＿＿＿＿ 一個餐廳，然後 ＿＿＿＿＿ 你會 ＿＿＿＿＿ 看見一個教 ＿＿＿＿＿ 堂，文物館就 ＿＿＿＿＿ 在 ＿＿＿＿＿ 教堂的左 ＿＿＿＿＿ 邊。

2.2. 你應該 ＿＿＿＿＿ 沿着這條 ＿＿＿＿＿ 上坡路，一直往北 ＿＿＿＿＿ 走 ＿＿＿＿＿，大概 ＿＿＿＿＿ 十分鐘，就 ＿＿＿＿＿ 到 ＿＿＿＿＿ 了。也可以坐 ＿＿＿＿＿ 車上去。

2.3. 你可以在前邊的路口 ＿＿＿＿＿ 過馬路，也可以利用過街 ＿＿＿＿＿ 天橋 ＿＿＿＿＿，或 ＿＿＿＿＿ 者人行隧 ＿＿＿＿＿ 道 ＿＿＿＿＿。

2.4. 對 ＿＿＿＿＿ 不起，我也 ＿＿＿＿＿ 剛到這裏，請你問別 ＿＿＿＿＿ 的人吧。

三　拼音書寫規則

1. 隔音符號

a、o 和 e 開頭的音節聯結在其他音節之後時，為避免音節界限發生混淆，要用隔音符號 "'" 隔開。例如：相連的兩個韻母，不屬於同一個音節的，需加隔音符號。

Xī'ān 西安　　　xǐ'ài 喜愛　　　nǚ'ér 女兒　　　yòu'éryuán 幼兒園

前一個音節的結尾是 n 或 ng，而後頭聯結的是 a、o 或 e 開頭的音節，需加隔音符號。

ēn'ài 恩愛　　　fáng'ài 妨礙　　　jīn'é 金額　　　lián'ǒu 蓮藕

2. 大寫的規定

2.1. 句子開頭的字母大寫。

2.2. 專有名詞的第一個字母大寫，例如 Xiānggǎng 香港、Pǔtōnghuà 普通話。

2.3. 由幾個詞組成的專有名詞，每個詞的第一個字母大寫，例如 Zhōngwén Dàxué 中文大學。

第四部分　補充詞語

一　交通工具名稱

自行車	zìxíngchē	山頂纜車	shāndǐng lǎnchē	計程車	jìchéngchē
出租汽車	chūzū qìchē	過海隧道巴士	guòhǎi suìdào bāshì	渡海小輪	dù hǎi xiǎolún
遊覽車	yóulǎnchē	小轎車	xiǎo jiàochē	摩托車	mótuōchē
輕鐵	qīngtiě	電氣火車	diànqì huǒchē		

二　與交通有關的用語

十字路口	shízì lùkǒu	違規停車	wéi guī tíng chē
單行道	dānxíngdào	危險駕駛	wēixiǎn jiàshǐ
維修改道	wéixiū gǎi dào	售票處	shòupiàochù
禁止左轉	jìnzhǐ zuǒ zhuǎn	交通意外	jiāotōng yìwài
告示牌	gàoshipái	小心路滑	xiǎoxīn lù huá
吊銷執照	diàoxiāo zhízhào	地下道	dìxiàdào

三　方位詞

東南	dōngnán	西北	xīběi	左右	zuǒyòu	前後	qiánhòu
上下	shàngxià	裏邊	lǐbian	外頭	wàitou	對過兒	duìguòr
中間	zhōngjiān	旁邊	pángbiān	背面	bèimiàn		

四　站名

葵芳	Kuífāng	美孚	Měifú	石硤尾	Shíxiáwěi
天后	Tiānhòu	太子	Tàizǐ	深水埗	Shēnshuǐbù
北角	Běijiǎo	彩虹	Cǎihóng	牛頭角	Niútóujiǎo
灣仔	Wānzǎi	九龍	Jiǔlóng	杏花村	Xìnghuācūn
羅湖	Luóhú	大學	Dàxué	烏溪沙	Wūxīshā
上水	Shàngshuǐ	大圍	Dàwéi	大窩口	Dàwōkǒu
火炭	Huǒtàn	紅磡	Hóngkàn	砲台山	Pàotáishān
奧運	Àoyùn	油麻地	Yóumádì	鰂魚涌	Zéyúchōng

五　普粵詞語對比

普通話	拼音	廣東話
1. 騎車	qíchē	踩單車
2. 開車	kāichē	揸車
3. 下車	xiàchē	落車
4. （開車）送你去	(kāichē) sòng nǐ qù	車你去
5. 撞死人／軋死人	zhuàngsǐ rén／yàsǐ rén	車死人
6. 超車	chāochē	爬頭、扒頭
7. 拋錨	pāomáo	死火
8. 搶道	qiǎng dào	爭路
9. 闖紅燈	chuǎng hóngdēng	衝紅燈
10. 兜風／出海遊覽	dōufēng／chūhǎi yóulǎn	遊車河、遊船河
11. 擠車	jǐ chē	迫車
12. 終點站	zhōngdiǎnzhàn	總站
13. 開罰單	kāi fádān	抄牌
14. 幾路車	jǐ lù chē	幾多號車

普通話	拼音	廣東話
15. 堵車	dǔchē	塞車
16. 靠站	kào zhàn	埋站
17. 人行道	rénxíngdào	行人路
18. 輪渡	lúndù	渡海小輪
19. 公車 / 公交車	gōngchē / gōngjiāochē	巴士
20. 駕駛盤 / 方向盤	jiàshǐpán / fāngxiàngpán	呔盤

第五部分　説話練習

一　短句練習

例　句	
1. 請問，在哪兒有出租汽車站啊？	Qǐngwèn, zài nǎr yǒu chūzū qìchēzhàn a?
2. 你出了地鐵站就看見了。	Nǐ chū le dìtiězhàn jiù kànjian le.
3. 那個地方不好找。	Nèige dìfang bù hǎo zhǎo.
4. 你到了前面的路口再問問別人吧。	Nǐ dào le qiánmiàn de lùkǒu zài wènwen biéren ba.
5. 那個告示牌的斜對面就是了。	Nèige gàoshipái de xiéduìmiàn jiùshì le.
6. 不遠，往右一拐就到了。	Bùyuǎn, wǎng yòu yì guǎi jiù dào le.
7. 對不起，我還是不太清楚。	Duìbuqǐ, wǒ háishi bú tài qīngchu.
8. 這樣吧，我帶你去。	Zhèyàng ba, wǒ dài nǐ qù.
9. 那太麻煩您了。	Nà tài máfan nín le.
10. 沒關係，順路嘛。	Méiguānxi, shùnlù ma.

二　怎麼走

1. 請告訴大家從你家（或你工作的地方）到中文大學（或是現在上課的地方）可以怎麼走。

2. 你在尖沙咀地鐵站裏，有幾位內地的遊客拿着地圖問你去海洋公園怎麼走。現在請你告訴他們坐甚麼車，怎麼走。

3. 兩人一組，請按照老師提供的資料作一個問路的對話。

第4^課 點菜

第^一部分　課文

一　對話一：我想叫外賣

情景：打電話叫外賣。

普通話	拼音	廣東話
顧客： 喂，請問是利發快餐店嗎？	*Gùkè:* Wéi, qǐngwèn shì Lìfā Kuàicāndiàn ma?	**顧客：** 喂，請問係唔係利發快餐店？
快餐店店員： 是啊。您有甚麼需要幫忙的嗎？	*Kuàicāndiàn diànyuán:* Shì a. Nín yǒu shénme xūyào bāngmáng de ma?	**快餐店店員：** 係呀，有咩幫到你？
顧客： 我想叫外賣。我要一份兒熱狗和水果①沙拉②，一份兒雞腿飯；一杯冰咖啡，一杯熱奶茶。	*Gùkè:* Wǒ xiǎng jiào wàimài. Wǒ yào yí fènr règǒu hé shuǐguǒ shālā, yí fènr jītuǐfàn; yì bēi bīng kāfēi, yì bēi rè nǎichá.	**顧客：** 我想叫外賣。我要一個熱狗同埋雜果沙律，一個雞髀飯，一杯凍咖啡，一杯熱奶茶。
快餐店店員： 對不起，熱狗剛賣完。來份兒公司三明治，怎麼樣？	*Kuàicāndiàn diànyuán:* Duìbuqǐ, règǒu gāng màiwán. Lái fènr gōngsī sānmíngzhì, zěnmeyàng?	**快餐店店員：** 對唔住，熱狗啱啱賣晒。公司三文治，啱唔啱？
顧客： 也行。勞駕快點兒送來，行嗎？	*Gùkè:* Yě xíng. Láojià kuài diǎnr sònglái, xíng ma?	**顧客：** 都得。唔該可唔可以快少少送嚟？

普通話	拼　音	廣東話
快餐店店員： 可以，可以。送到哪兒？	*Kuàicāndiàn diànyuán:* Kěyǐ, kěyǐ. Sòngdào nǎr?	**快餐店店員：** 得，得。送去邊呀？
顧客： 這裏是連城廣場九樓906室。	*Gùkè:* Zhèlǐ shì Liánchéng Guǎngchǎng jiǔ lóu jiǔ líng liù shì.	**顧客：** 連城廣場九樓906室。
快餐店店員： 好，我們馬上送來，大概十五分鐘後送到。	*Kuàicāndiàn diànyuán:* Hǎo, wǒmen mǎshàng sònglái, dàgài shíwǔ fēnzhōng hòu sòng dào.	**快餐店店員：** 好，我哋好快送嚟，大概十五分鐘後送到。
顧客： 好，謝謝你。一共多少錢？	*Gùkè:* Hǎo, xièxie nǐ. Yígòng duōshao qián?	**顧客：** 好，唔該你。一共幾多錢？
快餐店店員： 三明治、雞腿飯加兩杯飲料，一共是六十七塊五毛③。	*Kuàicāndiàn diànyuán:* Sānmíngzhì, jītuǐfàn jiā liǎng bēi yǐnliào, yígòng shì liùshíqī kuài wǔ máo.	**快餐店店員：** 三文治、雞髀飯加埋兩杯飲品，一共六十七個半。

註釋：

① 粵語說"生果"、"雞髀"，普通話說"水果"、"雞腿"。

② 由於對外來詞的翻譯不同，造成了普粵詞彙上的差異。如：粵語說"沙律"、"三文治"，普通話說"沙拉"、"三明治"。

③ 表示錢數時，普通話口語用"塊"、"毛"，一般不用"元"、"角"。

三　對話二：你想吃點甚麼？

情景：老趙在飯館招待北京來的客人。

普通話	拼　音	廣東話
老趙： 小焦，先①喝杯茶，看看這種鐵觀音喝得慣嗎？	*Lǎo Zhào:* Xiǎo Jiāo, xiān hē bēi chá, kànkan zhè zhǒng tiěguānyīn hē de guàn ma?	**老趙：** 小焦，飲杯茶先，睇吓呢種鐵觀音飲唔飲得慣？

普通話	拼音	廣東話
小焦： 嗯，茶香味甘，不錯。我平時喝花茶多，烏龍茶也喜歡，只是有點喝不慣普洱茶。老盧今天來嗎？	*Xiǎo Jiāo:* Ǹg, chá xiāng wèi gān, búcuò. Wǒ píngshí hē huāchá duō ,wūlóngchá yě xǐhuan, zhǐshì yǒudiǎn hē búguàn Pǔ'ěrchá. Lǎo Lú jīntiān lái ma?	小焦： 嗯，茶香味甘，唔錯。我平時飲花茶多，烏龍茶都鍾意，只係有啲飲唔慣普洱。老盧今日嚟唔嚟呀？
老趙： 老盧今天被請去喝喜酒②，來不了，説改天請你。	*Lǎo Zhào:* Lǎo Lú jīntiān bèi qǐng qù hē xǐjiǔ, lái bu liǎo, shuō gǎitiān qǐng nǐ.	老趙： 今日有人請佢去飲，嚟唔到，話第日請你。
小焦： 他太客氣了。	*Xiǎo Jiāo:* Tā tài kèqi le.	小焦： 佢太客氣嘍。
老趙： 這是菜單，你看看喜歡吃點兒甚麼。	*Lǎo Zhào:* Zhè shì càidān, nǐ kànkan xǐhuan chī diǎnr shénme.	老趙： 呢張係菜單，你睇吓鍾意食啲乜嘢？
小焦： 我吃東西隨便，酸的、辣的都吃得來。還是您點菜吧。	*Xiǎo Jiāo:* Wǒ chī dōngxi suíbiàn, suān de、là de dōu chī de lái. Háishi nín diǎncài ba.	小焦： 我食嘢好隨便，酸嘅、辣嘅都食得。都係你揀啦。
老趙： 這裏的避風塘炒螃蟹、白斬雞都很有名。再叫一個糖醋排骨怎麼樣？	*Lǎo Zhào:* Zhèli de bìfēngtáng chǎo pángxiè、báizhǎnjī dōu hěn yǒumíng. Zài jiào yí ge tángcù páigǔ zěnmeyàng?	老趙： 呢度啲避風塘炒蟹、白切雞都好出名。再叫一個糖醋排骨好唔好？
小焦： 好，不過我想葷菜已經夠多了，不如叫一個炒青菜吧。	*Xiǎo Jiāo:* Hǎo, búguò wǒ xiǎng hūncài yǐjīng gòu duō le, bùrú jiào yí ge chǎo qīngcài ba.	小焦： 好，不過我覺得肉已經夠多嘍，不如叫一個炒青菜啦。
老趙： 好，先叫着這幾個菜，不夠再加。飯後還有甜點③送。	*Lǎo Zhào:* Hǎo, xiān jiàozhe zhè jǐ ge cài, bú gòu zài jiā. Fànhòu hái yǒu tiándiǎn sòng.	老趙： 好，叫住呢幾個餸先，唔夠再加。飯後仲有糖水送。
小焦： 夠了，夠了。	*Xiǎo Jiāo:* Gòu le, gòu le.	小焦： 夠嘍，夠嘍。

普通話	拼　音	廣東話
老趙： 服務員，麻煩你，點菜。	*Lǎo Zhào:* Fúwùyuán, máfan nǐ, diǎncài.	老趙： 侍應，唔該你，落單。

註釋：

① 副詞"先"的位置在普粵語中不同。粵語説："飲杯茶先"。普通話説："先喝杯茶。"／"先叫這幾個菜，不夠再加。"

② 粵語説"請飲"、"去飲"，普通話説"請喝喜酒"、"去喝喜酒"。

③ 粵語中的"糖水"在普通話中還找不到可以完全對應的詞，因普通話中有"綠豆湯""蓮子湯"，但沒有一個對流質甜品的統稱。

三　值得推薦的餐廳

普通話

　　我那些朋友真可以説是"眾口難調"。有的想吃美國牛排①、韓國烤肉，有的想吃日本生魚片，印度咖哩，還有北京填鴨……。要滿足他們，恐怕只有去吃自助餐了。

　　我給他們推薦的是一個酒店裏的自助餐。餐廳非常乾淨、服務員斯文有禮就不用説了，最重要的是食品的種類多，而且在推廣期內五個人一起去，有一個人可以免費。朋友們吃完了都説很值②。

拼　音

　　Wǒ nàxiē péngyou zhēn kěyǐ shuō shì "zhòng kǒu nán tiáo". Yǒude xiǎng chī Měiguó niúpái、Hánguó kǎoròu, yǒude xiǎng chī Rìběn shēngyúpiàn, Yìndù gālí, hái yǒu Běijīng tiányā… . Yào mǎnzú tāmen, kǒngpà zhǐyǒu qù chī zìzhùcān le.

　　Wǒ gěi tāmen tuījiàn de shì yí ge jiǔdiàn li de zìzhùcān. Cāntīng fēicháng gānjìng、fúwùyuán sīwen yǒulǐ jiù bú yòng shuō le, zuì zhòngyào de shì shípǐn de zhǒnglèi duō, érqiě zài tuīguǎngqī nèi wǔ ge rén yìqǐ qù, yǒu yí ge rén kěyǐ miǎnfèi. Péngyoumen chī wánle dōu shuō hěn zhí.

註釋：

① 粵語説"豬扒"、"牛扒"、"魚生"，普通話説"豬排"、"牛排"、"生魚片"。

② 粵語説"好抵"，在普通話中"抵"沒有"值得"的意思，相應的表達是"很值"，也有"值得買"，"太不值了"的説法。

第二部分　詞語表

1.	幫忙	bāngmáng	help out, do a favour
2.	外賣	wàimài	take-away (food)
3.	熱狗	règǒu	hot dog (food item)
4.	咖啡	kāfēi	coffee
5.	奶茶	nǎichá	tea with milk
6.	廣場	guǎngchǎng	plaza; square
7.	慣	guàn	be used to
8.	甘	gān	sweet (in contrast to bitter "kǔ")
9.	喜酒	xǐjiǔ	wedding banquet
10.	菜單	càidān	menu
11.	隨便	suíbiàn	as one wishes, as one pleases, careless
12.	酸	suān	sour
13.	辣	là	hot, spicy
14.	點菜	diǎncài	order (in restaurant)
15.	炒	chǎo	fry, stir-fry
16.	葷菜	hūncài	dishes of meat, fish, chicken, etc.
17.	甜點	tiándiǎn	sweet snacks, sweet dim sum
18.	夠	gòu	enough
19.	服務員	fúwùyuán	attendant, service person
20.	眾口難調	zhòng kǒu nán tiáo	it is difficult to cater for all tastes
21.	滿足	mǎnzú	satisfied, contented
22.	恐怕	kǒngpà	I'm afraid
23.	自助餐	zìzhùcān	buffet
24.	推薦	tuījiàn	recommend
25.	乾淨	gānjìng	clean, neat
26.	斯文	sīwen	refined, polit, cultured
27.	食品	shípǐn	food, foodstuffs, provisions

28. 推廣	tuīguǎng	promotion
29. 免費	miǎnfèi	free of charge
30. 值	zhí	be worth

第三部分　拼音知識及練習

一　鼻韻母

1. 鼻韻母

普通話裏帶鼻音韻尾 n 和 ng 的韻母，我們把它們叫做鼻韻母，共有 16 個。其中 an、en、in、ian、uen、uan、ün 和 üan 是前鼻音韻母；ang、ong、eng、ing、iang、iong、ueng 和 uang 是後鼻音韻母。

		i		u		ü	
an	安	ian	煙	uan	灣	üan	冤
en	恩	in	因	uen	溫	ün	暈
ang	骯	iang	央	uang	汪		
eng 亨的韻母		ing	英	ueng	翁		
ong 轟的韻母		iong	庸				

兩者的區別是，發前鼻音韻母時，舌尖抵着上齒齦，讓氣流由鼻腔出來；而發後鼻音韻母時，則是讓舌根向上抵着軟腭，讓氣流由鼻腔出來。

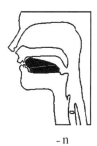

-n

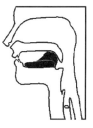

-ng

2. 朗讀練習

1）an－en　ang－eng

安然　ānrán	難看　nánkàn	人參　rénshēn	審慎　shěnshèn
骯髒　āngzāng	滄桑　cāngsāng	更正　gēngzhèng	豐盛　fēngshèng
單身　dānshēn	分擔　fēndān	捧場　pěngchǎng	長城　chángchéng

2）in－ing　ian－iang

信心　xìnxīn	瀕臨　bīnlín	經營　jīngyíng	清醒　qīngxǐng
前天　qiántiān	艱險　jiānxiǎn	想像　xiǎngxiàng	強項　qiángxiàng
陰影　yīnyǐng	精心　jīngxīn	現象　xiànxiàng	養顏　yǎngyán

3）uan－un　üan－ün

換算　huànsuàn	婉轉　wǎnzhuǎn	春筍　chūnsǔn	餛飩　húntun
淵源　yuānyuán	全權　quánquán	均勻　jūnyún	軍訓　jūnxùn
晚婚　wǎnhūn	混亂　hùnluàn	元勳　yuánxūn	軍權　jūnquán

4）ong－iong　uang－ang

公共　gōnggòng	隆重　lóngzhòng	雍容　yōngróng
用功　yònggōng	狀況　zhuàngkuàng	窗框　chuāngkuàng
雙方　shuāngfāng	上網　shàngwǎng	廣場　guǎngchǎng

3. 聆聽並選出正確的鼻音韻母

1. 請　q _____	A. ian	B. in	C. ing
2. 甘　g _____	A. an	B. en	C. ian
3. 糖　t _____	A. an	B. ang	C. ong
4. 香　x _____	A. ian	B. iang	C. in
5. 歡　h _____	A. uan	B. an	C. un
6. 廣　g _____	A. uan	B. ang	C. uang

7. 葱　c _____	A. eng	B. ong	C. iong
8. 慣　g _____	A. un	B. an	C. uan
9. 蒸　zh _____	A. ing	B. en	C. eng
10. 酸　s _____	A. un	B. uan	C. üan
11. 葷　h _____	A. un	B. an	C. en
12. 甜　t _____	A. an	B. ian	C. in

4. 聽寫練習

1. 當然 d _____ r _____　　2. 真正 zh _____ zh _____　　3. 新型 x _____ x _____

4. 循環 x _____ h _____　　5. 觀光 g _____ g _____　　6. 屯門 T _____ m _____

7. 前線 q _____ x _____　　8. 慌亂 h _____ l _____　　9. 影響 _____ x _____

10. 窮困 q _____ k _____　　11. 公園 g _____ _____　　12. 相片 x _____ p _____

13. 幫忙 b _____ m _____　　14. 餐廳 c _____ t _____　　15. 蛋黃 d _____ h _____

二 説説下面的東西多少錢

名稱		價錢（元）	量詞	
餃子	jiǎozi	28.5	盤	pán
餡兒餅	xiànrbǐng	8.75	個	gè
小籠包	xiǎolóngbāo	39.00	籠	lóng
雞蛋	jīdàn	14.90	盒	hé
橙	chéng	10.00	份	fèn
豆漿	dòujiāng	6.00	杯	bēi
龍眼	lóngyǎn	18.00	磅	bàng
西瓜	xīguā	4.75	斤	jīn
蘋果汁	píngguǒzhī	12.00	罐	guàn
可樂	kělè	29.90	半打	bàn dá

三 語音小提示

以下幾組字在粵語同音，但在普通話不同音：

1. 胖 pàng　　　叛 pàn
2. 分 fēn　　　　婚 hūn
3. 民 mín　　　　文 wén
4. 歡 huān　　　寬 kuān
5. 放 fàng　　　況 kuàng
6. 甘 gān　　　　金 jīn
7. 涵 hán　　　　鹹 xián
8. 航 háng　　　降 xiáng
9. 缸 gāng　　　江 jiāng
10. 因 yīn　　　　恩 ēn
11. 盈 yíng　　　型 xíng
12. 戰 zhàn　　　餞 jiàn
13. 程 chéng　　　情 qíng
14. 長 cháng　　　詳 xiáng
15. 傷 shāng　　　相 xiāng
16. 沉 chén　　　尋 xún
17. 貞 zhēn　　　晶 jīng
18. 章 zhāng　　　將 jiāng
19. 束 shù　　　　速 sù
20. 套 tào　　　　吐 tù

第四部分　補充詞語

一 食物和飲料

1. 豬肉　　zhūròu
2. 牛肉　　niúròu
3. 叉燒　　chāshāo
4. 海鮮　　hǎixiān
5. 龍蝦　　lóngxiā
6. 魷魚　　yóuyú
7. 蔬菜　　shūcài
8. 生菜　　shēngcài
9. 莧菜　　xiàncài
10. 冬筍　　dōngsǔn
11. 蘆筍　　lúsǔn
12. 蕹菜　　wèngcài
13. 香蕉　　xiāngjiāo
14. 橘子　　júzi

15. 荔枝	lìzhī	24. 香檳酒	xiāngbīnjiǔ
16. 榴槤	liúlián	25. 葡萄酒	pútáojiǔ
17. 哈密瓜	hāmìguā	26. 竹葉青	zhúyèqīng
18. 檸檬茶	níngméngchá	27. 果汁	guǒzhī
19. 菊花茶	júhuāchá	28. 汽水	qìshuǐ
20. 水仙	shuǐxiān	29. 蒸餾水	zhēngliúshuǐ
21. 龍井	lóngjǐng	30. 礦泉水	kuàngquánshuǐ
22. 香片	xiāngpiàn	31. 酸梅湯	suānméitāng
23. 啤酒	píjiǔ	32. 山楂茶	shānzhāchá

二 常見的烹飪方式

煎	jiān	炒	chǎo	煮	zhǔ
炸	zhá	蒸	zhēng	涮	shuàn

三 常見的作料和配料

葱	cōng	薑	jiāng	大蒜	dàsuàn
醋	cù	味精	wèijīng	醬油	jiàngyóu

四 餐具用品

勺子	sháozi	盤子	pánzi	玻璃杯	bōlibēi
叉子	chāzi	刀子	dāozi	茶壺	cháhú
牙籤	yáqiān	紙巾	zhǐjīn		

五 普粵詞語對比

普通話	拼音	廣東話	普通話	拼音	廣東話
雞翅膀	jīchìbǎng	雞翼	水果	shuǐguǒ	生果
香腸	xiāngcháng	腸仔	玉米	yùmǐ	粟米
螃蟹	pángxiè	蟹	土豆兒	tǔdòur	薯仔
黃瓜	huángguā	青瓜	豆芽兒	dòuyár	芽菜
茄子	qiézi	矮瓜	圓白菜	yuánbáicài	椰菜
絲瓜	sīguā	勝瓜	草莓	cǎoméi	士多啤梨
荸薺	bíqí	馬蹄	葡萄	pútáo	提子
西紅柿	xīhóngshì	番茄	櫻桃	yīngtáo	車厘子
芹菜	qíncài	西芹	柚子	yòuzi	碌柚
白菜	báicài	黃芽白、津菜	鴨梨	yālí	雪梨

第五部分 說話練習

一 短句練習

例　句	
1. 幫忙打個電話叫外賣吧。	Bāngmáng dǎ ge diànhuà jiào wàimài ba.
2. 今天不如出去吃吧。	Jīntiān bùrú chūqù chī ba.
3. 對面新開了一家餐廳，不知道怎麼樣？	Duìmiàn xīn kāi le yì jiā cāntīng, bù zhīdào zěnmeyàng?
4. 推廣期內應該去試試。	Tuīguǎngqī nèi yīnggāi qù shìshi.
5. 啤酒有罐裝的嗎？	Píjiǔ yǒu guànzhuāng de ma?
6. 沒有，只有瓶裝的。	Méiyǒu, zhǐyǒu píngzhuāng de.

7. 午市套餐都包飲料。　　　　　Wǔshì tàocān dōu bāo yǐnliào.

8. 服務員，麻煩你加點兒水。　　Fúwùyuán, máfan nǐ jiā diǎnr shuǐ.

9. 咖啡不要加奶。　　　　　　　Kāfēi búyào jiā nǎi.

10. 勞駕，結賬。　　　　　　　　Láojià, jié zhàng.

二　吃甚麼

1. 請跟班上的同學說說昨天的三餐是在哪裏吃的？吃的是甚麼？

2. 請向下列不同的對象介紹一家你認為值得去的餐廳，並說說值得去的理由。

A. 幾個很想了解粵式飲食文化的內地朋友

B. 幾個很想了解香港是多元化的美食天堂的外國朋友

C. 幾個住在香港又吃膩了廣東菜的朋友

3. 三人一組，請為下列不同的目的打電話叫外賣：

A. 詢問本組的成員午餐或晚餐想吃甚麼，然後打電話叫外賣。

B. 與本組的成員商量開生日會想叫的食物，然後打電話訂餐。

第 5 課 居 住

第一部分　課文

一　對話一：原來你們是鄰居

情景：謝志琪在一個住宅樓的大堂等電梯時碰見了公司同事冼潔筠。

普通話	拼　音	廣東話
謝志琪： 誒，潔筠是你，來看^①朋友嗎？	*Xiè Zhìqí:* Éi, Jiéjūn shì nǐ, lái kàn péngyou ma?.	謝志琪： 咦？係你呀潔筠，你嚟探朋友？
冼潔筠： 不是。我住在這兒。	*Xiǎn Jiéjūn:* Bú shì. Wǒ zhù zài zhèr.	冼潔筠： 唔係呀，我住喺呢度。
謝志琪： 是嗎？我以為你住在筲箕灣。	*Xiè Zhìqí:* Shì ma? Wǒ yǐwéi nǐ zhù zài Shāojīwān.	謝志琪： 係咩？我仲以為你住喺筲箕灣。
冼潔筠： 以前是住筲箕灣，現在搬過來了。	*Xiǎn Jiéjūn:* Yǐqián shì zhù Shāojīwān, xiànzài bān guòlai le.	冼潔筠： 以前就係住喺筲箕灣，而家搬咗過嚟嘑。
謝志琪： 是自己買的吧？	*Xiè Zhìqí:* Shì zìjǐ mǎi de ba?	謝志琪： 係自己買嘅？
冼潔筠： 是啊。是去年買的。	*Xiǎn Jiéjūn:* Shì a. Shì qùnián mǎi de.	冼潔筠： 係呀。係舊年買嘅。

普通話	拼音	廣東話
謝志琪： 那太好了。恭喜，恭喜。	*Xiè Zhìqí:* Nà tài hǎo le. Gōngxǐ, gōngxǐ.	**謝志琪：** 嗽太好噃，恭喜晒。
冼潔筠： 你別恭喜我了，現在這套房子②已經成為"負資產"了。	*Xiǎn Jiéjūn:* Nǐ bié gōngxǐ wǒ le, xiànzài zhè tào fángzi yǐjīng chéngwéi "fùzīchǎn" le.	**冼潔筠：** 你唔好恭喜我噃，而家我層樓變咗"負資產"。
謝志琪： 別那麼説，在香港能有一個住的地方是很重要的。反正是自己住，又不是投機炒賣，説不定，再過幾年又變成資產了。	*Xiè Zhìqí:* Bié nàme shuō, zài Xiānggǎng néng yǒu yí ge zhù de dìfang shì hěn zhòngyào de. Fǎnzhèng shì zìjǐ zhù, yòu bú shì tóujī chǎomài, shuō bu dìng, zài guò jǐ nián yòu biàn chéng zīchǎn le.	**謝志琪：** 唔好嗽講啦，喺香港搵到個地方住好緊要㗎，反正係自己住，又唔係攞去投資同炒賣，話唔定，遲幾年又變返值錢呢。
冼潔筠： 你説的也對。無論如何，至少我現在不必擔心房東③加租，也不用為找房子搬家這些事煩惱了。	*Xiǎn Jiéjūn:* Nǐ shuō de yě duì. Wúlùn rúhé, zhìshǎo wǒ xiànzài búbì dānxīn fángdōng jiā zū, yě búyòng wèi zhǎo fángzi bān jiā zhèixiē shì fánnǎo le.	**冼潔筠：** 你都講得啱嘅，無論點，至少我而家唔使驚住包租公加租，又唔使煩住搬屋。
謝志琪： 是甚麼時候搬過來的？	*Xiè Zhìqí:* Shì shénme shíhou bān guòlai de?	**謝志琪：** 你幾時搬過嚟㗎？
冼潔筠： 就是上個週末，現在房子裏還是亂七八糟的。	*Xiǎn Jiéjūn:* Jiù shì shàng ge zhōumò, xiànzài fángzi li háishi luànqī bāzāo de.	**冼潔筠：** 上個禮拜六囉，而家間屋仲係亂七八糟。
謝志琪： 搬家可不是鬧着玩兒的，肯定得忙亂一陣子④，慢慢兒收拾吧。	*Xiè Zhìqí:* Bān jiā kě bú shì nàozhe wánr de, kěndìng děi mángluàn yí zhènzi, mànmānr shōushi ba.	**謝志琪：** 搬屋真係唔係講笑，肯定要亂一排，慢慢執啦。
冼潔筠： 你是來看朋友的嗎？	*Xiǎn Jiéjūn:* Nǐ shì lái kàn péngyou de ma?	**冼潔筠：** 你係咪嚟探朋友㗎？

普通話	拼音	廣東話
謝志琪： 不是。我父母住在這兒，我差不多每個星期都來看他們。	*Xiè Zhìqí:* *Bú shì. Wǒ fùmǔ zhù zài zhèr, wǒ chà bu duō měi ge xīngqī dōu lái kàn tāmen.*	謝志琪： 唔係，我爸爸媽媽住喺度，我差唔多個個星期都會嚟探佢哋。
冼潔筠： 真是孝順的女兒。伯父伯母住幾樓啊？	*Xiǎn Jiéjūn:* *Zhēn shì xiàoshùn de nǚ'ér. Bófù bómǔ zhù jǐ lóu a?*	冼潔筠： 真係孝順女，佢哋住幾樓呀？
謝志琪： 他們住在九樓，A 座。你呢？	*Xiè Zhìqí:* *Tāmen zhù zài jiǔ lóu, A zuò. Nǐ ne?*	謝志琪： 佢哋住九樓 A 座，你呢？
冼潔筠： 啊，真是太巧了，我也住九樓，是 B 座。	*Xiǎn Jiéjūn:* *À, zhēn shì tài qiǎo le, wǒ yě zhù jiǔ lóu, shì B zuò.*	冼潔筠： 啊！真係啱，我都係住九樓，B 座。
謝志琪： 這麼說起來，你們還是鄰居呢。	*Xiè Zhìqí:* *Zhème shuō qǐlai, nǐmen háishi línjū ne.*	謝志琪： 噉樣你哋就係鄰居嘑。

註釋：

① 看：拜訪、探望。口語中使用得較多，如看老師、看父母等。

② 粵語裏"我啱啱買咗一層樓"的説法。普通話相應的説法是"我剛買了一套房子"。"一層樓"在普通話裏指整層樓（包括所有房間）。

③ 包租公、包租婆：在普通話一般説房東、房東太太。

④ 粵語中的"早排"、"一排"、"近排"，普通話可以説"前一陣子"、"一陣"、"最近（這陣子）"。

二 對話二：這套房子值得考慮

情景：房地產經紀人正向客人謝先生夫婦介紹一套出租的房子。

普通話	拼音	廣東話
經紀人： 謝先生，謝太太，這是一個三室兩廳的房子。客飯廳是長方形的，相當實用，擺放傢具的時候不用傷腦筋。	Jīngjìrén: Xiè xiānsheng, Xiè tàitai, zhè shì yí ge sān shì liǎng tīng de fángzi . Kèfàntīng shì chángfāngxíng de, xiāngdāng shíyòng, bǎifàng jiājù de shíhou búyòng shāng nǎojīn.	經紀人： 謝生，謝太，呢度係一個三房兩廳嘅單位。客飯廳係長方形嘅，相當實用，擺傢私嗰陣唔使傷腦筋。
謝先生： 客廳顯得還寬敞。	Xiè xiānsheng: Kètīng xiǎnde hái kuānchang.	謝生： 客廳都算幾寬敞。
經紀人： 這是廚房。冰箱、洗衣機和抽油煙機都是發展商送的。	Jīngjìrén: Zhè shì chúfáng. Bīngxiāng、xǐyījī hé chōuyóuyānjī dōu shì fāzhǎnshāng sòng de.	經紀人： 呢度係廚房。雪櫃、洗衣機同埋抽油煙機都係發展商送嘅。
謝太太： 廚房不算大。 多站一個人就覺得有點兒擠①。	Xiè tàitai: Chúfáng búsuàn dà. Duō zhàn yí ge rén jiù juéde yǒudiǎnr jǐ.	謝太： 廚房唔算大。 企多一個人就覺得有啲迫。
經紀人： 客廳大了，廚房自然就小了。	Jīngjìrén: Kètīng dà le, chúfáng zìrán jiù xiǎo le.	經紀人： 客廳大咗，廚房就自然細咗。
謝先生： 這個房間有點兒西曬。	Xiè xiānsheng: Zhège fángjiān yǒu diǎnr xīshài.	謝生： 呢間房有啲西斜。
經紀人： 這是個主臥室，比較大，除了放一張雙人牀之外，還有不少空間。有一個壁櫥，還帶衛生間。夫婦倆②可以住這兒。到下午四點以後就不曬了。	Jīngjìrén: Zhè shì ge zhǔwòshì, bǐjiào dà, chúle fàng yì zhāng shuāngrénchuáng zhīwài, hái yǒu bùshǎo kōngjiān. Yǒu yí ge bìchú, hái dài wèishēngjiān. Fūfù liǎ kěyǐ zhù zhèr. Dào xiàwǔ sì diǎn yǐhòu jiù bú shài le.	經紀人： 呢度係主人房，比較大，放一張雙人牀之外，仲有唔少空間。有一個入牆櫃，仲有廁所。夫婦兩個人可以住喺度。到下晝四點之後就唔曬嘑。

普通話	拼音	廣東話
謝先生： 這兩個房間小了一點兒。	*Xiè xiānsheng:* Zhè liǎng ge fángjiān xiǎole yìdiǎnr.	**謝生：** 呢兩間房細咗啲。
經紀人： 放一張單人牀，絕對不是問題，窗台的部分可以改建成書桌，能省^③不少地方。	*Jīngjìrén:* Fàng yì zhāng dānrénchuáng, juéduì bú shì wèntí, chuāngtái de bùfen kěyǐ gǎijiàn chéng shūzhuō, néng shěng bùshǎo dìfang.	**經紀人：** 放一張單人牀，絕對唔係問題，窗台嘅部分可以改建成書枱，可以慳返唔少地方。
謝太太： 可是我有兩個女兒， 還有一個老人。	*Xiè tàitai:* Kěshì wǒ yǒu liǎng ge nǚ'ér, hái yǒu yí ge lǎorén.	**謝太：** 但係我有兩個女， 仲有一個老人家。
經紀人： 女兒可以睡上下鋪，老人自己住一間。	*Jīngjìrén:* Nǚ'ér kěyǐ shuì shàngxiàpù, lǎorén zìjǐ zhù yì jiān.	**經紀人：** 女可以瞓上下格牀，老人家自己住一間。
謝先生： 我們考慮考慮。	*Xiè xiānsheng:* Wǒmen kǎolǜ kǎolǜ.	**謝生：** 我哋考慮吓先。
經紀人： 房東希望碰到好租客，租金方面還可以再商量。靠^④地鐵站的房子開這個價也算是值了。真是值得考慮考慮。	*Jīngjìrén:* Fángdōng xīwàng pèngdào hǎo zūkè, zūjīn fāngmiàn hái kěyǐ zài shāngliang. Kào dìtiězhàn de fángzi kāi zhège jià yě suàn shì zhí le. Zhēnshi zhídé kǎolǜ kǎolǜ.	**經紀人：** 包租公希望遇到好租客，租金方面仲可以再商量。近地鐵站嘅單位開呢個價都算抵㗎嘑。真係值得考慮㗎。

註釋：

① 擠：空間狹小。普通話説"擠"，不能説"迫"或"擠迫"。如：這個時間地鐵站裏很擠。

② 倆：兩個。如：他們倆、倆人。"倆"後面不能再加量詞，如不能説"倆個人"。粵語説"兩兄弟"，普通話説"兄弟倆""哥兒倆"。要注意"倆"出現的位置。

③ 省：節省。普通話口語中常常單用"省"，如：省錢，省時間。

④ 靠：靠近。粵語有"近地鐵站"、"近住學校"的説法，但普通話説"靠地鐵站"、"靠着學校"。

三 社區環境

普通話

　　在香港，住在新界的人最多，新界的人口比^①香港島和九龍加起來的還多。新市鎮的發展經過規劃，設施都挺齊全的。

　　社區內有住宅、診所、銀行、購物中心、學校，還有公共圖書館、電影院、警署、公園、運動場等等，交通也越來越方便。

　　市民如果對區內的交通服務、環境衛生、樓宇管理有意見，還可以向有關部門反映，爭取改善。

拼　音

　　Zài Xiānggǎng, zhù zài Xīnjiè de rén zuì duō, Xīnjiè de rénkǒu bǐ Xiānggǎngdǎo hé Jiǔlóng jiā qǐlái de hái duō. Xīn shìzhèn de fāzhǎn jīngguò guīhuà, shèshī dōu tǐng qíquán de.

　　Shèqū nèi yǒu zhùzhái、zhěnsuǒ、yínháng、gòuwù zhōngxīn、xuéxiào, hái yǒu gōnggòng túshūguǎn、diànyǐngyuàn、jǐngshǔ、gōngyuán、yùndòngchǎng děngděng, jiāotōng yě yuè lái yuè fāngbiàn.

　　Shìmín rúguǒ duì qū nèi de jiāotōng fúwù、huánjìng wèishēng、lóuyǔ guǎnlǐ yǒu yìjiàn, hái kěyǐ xiàng yǒuguān bùmén fǎnyìng, zhēngqǔ gǎishàn.

註釋：

① 比：在比較性質、程度的差別時，普通話用"比"，如：我住得比你遠多了。不說"遠過你好多"。

第二部分 詞語表

1.	投機	tóujī	speculate in stock market
2.	煩惱	fánnǎo	be vexed, be worried
3.	忙亂	mángluàn	to be in a rush and a muddle
4.	收拾	shōushi	put in order

5. 孝順	xiàoshùn	to show filial respect
6. 鄰居	línjū	neighbour
7. 實用	shíyòng	actual use, practical
8. 傷腦筋	shāng nǎojīn	be a headache, be troublesome
9. 顯得	xiǎnde	to look, to seem
10. 擠	jǐ	press (of people), crowded, narrow
11. 自然	zìrán	naturally of course
12. 夫婦	fūfù	husband and wife
13. 絕對	juéduì	absolute
14. 省	shěng	save
15. 考慮	kǎolǜ	consider, think over
16. 碰	pèng	meet
17. 商量	shāngliang	negotiate, discuss
18. 規劃	guīhuà	to plan (long-term)
19. 設施	shèshī	facilities
20. 齊全	qíquán	complete, ready
21. 社區	shèqū	community
22. 住宅	zhùzhái	residence, dwelling, house
23. 診所	zhěnsuǒ	clinic
24. 市民	shìmín	city residents
25. 環境	huánjìng	environment, surroundings
26. 衛生	wèishēng	health, hygiene
27. 管理	guǎnlǐ	manage, administer, control
28. 反映	fǎnyìng	reflect, report (like to higher authorities)
29. 爭取	zhēngqǔ	strive to
30. 改善	gǎishàn	improve

第三部分 拼音知識及練習

一 聲母復習：唇音、舌尖音和舌根音

1. 在普通話的 21 個聲母中，唇音 b p m f，舌尖音 d t n l 和舌根音 g k h 這三組音在粵語中也有完全一樣或者是相近的發音，對說粵語的人來說發這幾組音並不困難，但由於在普通話裏發這三組音的字與粵語的字雖有對應關係，卻又不完全對等，因此有些字的發音必須熟記。

2. 朗讀練習

2.1. 帶唇音 b p m f 的詞語

百倍	bǎibèi	鋪排	pūpái	埋沒	máimò	夫婦	fūfù
莫非	mòfēi	跑步	pǎobù	瀑布	pùbù	父母	fùmǔ

2.2. 帶舌尖音 d t n l 的詞語

得到	dédào	頭條	tóutiáo	牛奶	niúnǎi	來歷	láilì
內地	nèidì	努力	nǔlì	聯絡	liánluò	立體	lìtǐ

2.3. 帶舌根音 g k h 的詞語

改革	gǎigé	可靠	kěkào	回話	huíhuà	掛號	guàhào
可貴	kěguì	寬厚	kuānhòu	合格	hégé	戶口	hùkǒu

3. 對比練習

1） b-p

拔高	bágāo	爬高	págāo	罷市	bàshì	怕事	pàshì
白板	báibǎn	排版	páibǎn	敗兵	bàibīng	派兵	pàibīng
半途	bàntú	叛徒	pàntú	棒子	bàngzi	胖子	pàngzi

2） d - t

大步	dàbù	踏步	tàbù	當面	dāngmiàn	湯麵	tāngmiàn
擔心	dānxīn	貪心	tānxīn	導論	dǎolùn	討論	tǎolùn
單位	dānwèi	攤位	tānwèi	敵視	díshì	提示	tíshì

3） n - l

無奈	wúnài	無賴	wúlài	黏手	niánshǒu	聯手	liánshǒu
惱怒	nǎonù	老路	lǎolù	年假	niánjià	廉價	liánjià
年年	niánnián	連連	liánlián	女伴	nǚbàn	旅伴	lǚbàn

4） g - k

歌譜	gēpǔ	科普	kēpǔ	過人	guòrén	闊人	kuòrén
個人	gèrén	客人	kèrén	怪事	guàishì	快事	kuàishì
工錢	gōngqián	空前	kōngqián	管事	guǎnshì	款式	kuǎnshì

5） h - f

呼吸	hūxī	夫妻	fūqī	婚配	hūnpèi	分配	fēnpèi
花生	huāshēng	發生	fāshēng	虎視	hǔshì	俯視	fǔshì
歡騰	huānténg	翻騰	fānténg	荒草	huāngcǎo	芳草	fāngcǎo

4. 聽寫聲母練習

1. 地鐵 ＿＿i＿＿iě   2. 保密 ＿＿ǎo＿＿ì   3. 態度 ＿＿ài＿＿ù

4. 旅客 ＿＿ǔ＿＿è   5. 廢票 ＿＿èi＿＿iào   6. 拜託 ＿＿ài＿＿uō

7. 拍賣 ＿＿āi＿＿ài   8. 後來 ＿＿òu＿＿ái   9. 顧客 ＿＿ù＿＿è

10. 女孩 ＿＿ǔ＿＿ái   11. 鬧鬼 ＿＿ào＿＿uǐ

5. 朗讀下列電話留言，請將帶點詞語的拼音寫出來，並注意一下它們有甚麼共同點。

5.1. 別 忘 ＿＿＿＿＿＿ 了今天晚 ＿＿＿＿＿＿ 上我們要跟中文 ＿＿＿＿＿＿ 大學物

＿＿＿＿＿＿ 理系的萬 ＿＿＿＿＿＿ 教授打網 ＿＿＿＿＿＿ 球。

5.2. 他説那批貨 ＿＿＿＿＿＿ 已經送到了，完全是謊 ＿＿＿＿＿＿ 話，現在對方説要罰

款 ＿＿＿＿＿＿ ，真把我氣昏 ＿＿＿＿＿＿ 了，我一定要好好教訓 ＿＿＿＿＿＿ 他一

頓。

5.3. 小彌 ＿＿＿＿＿＿ ，我是小倪 ＿＿＿＿＿＿ ，今天你在遵守交通秩 ＿＿＿＿＿＿ 序比

賽裏的表現非常突 ＿＿＿＿＿＿ 出，我特 ＿＿＿＿＿＿ 地打電話來恭喜你。

5.4. 許 ＿＿＿＿＿＿ 先生，我是希 ＿＿＿＿＿＿ 望康 ＿＿＿＿＿＿ 健公司的職員，想

向您介紹我們公司的新產品，空氣 ＿＿＿＿＿＿ 清新器 ＿＿＿＿＿＿ 。用過的客

＿＿＿＿＿＿ 戶都覺得效 ＿＿＿＿＿＿ 果很好，如果您感興 ＿＿＿＿＿＿ 趣的話，我

可以把這個產品寄到您府上，讓您免費試用一個星期。

二　聲母復習：舌尖前音、舌尖後音和舌面音

　　舌尖前音 z c s，舌尖後音 zh ch sh r 以及舌面音 j q x，這三組聲母是説粵語的人學習普通話的難點，需要特別注意它們的發音部位及發音方法（見下表以及解説），並請記住在 zi、ci、si 中的 i，zhi、chi、shi、ri 中的 i 及 ji、qi、xi 中的 i 所代表的音是不同的；另外，zu、cu、su 和 zhu、chu、shu、ru 中的 u 代表的是單韻母 "u"，而 ju、qu、xu 中的 u 所代表的音是單韻母 "ü"。

方法 部位	不送氣 清塞音和 塞擦音	送氣 清塞音和 塞擦音	清擦音	濁擦音 （聲帶顫動）
舌尖前音	z	c	s	
舌尖後音	zh	ch	sh	r
舌面音	j	q	x	

1. 舌尖前音 z c s

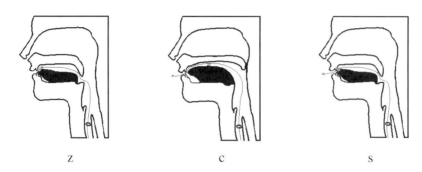

z　　　　　　　　c　　　　　　　　s

在發舌尖前音 z 和 c 的時候，都是舌尖先頂住上齒背，然後發音，不過發 c 音的時候，有較強烈的氣流衝出；在發 s 的時候，是舌尖接近上齒背。

2. 舌尖後音 zh ch sh r

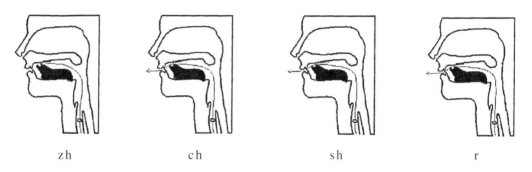

zh　　　　　　ch　　　　　　sh　　　　　　r

這組音也叫做翹舌音，在發 zh 和 ch 時，舌尖向上頂住硬腭，不過發 ch 的時候，有較強烈的氣流衝出；在發 sh 和 r 時，舌尖向上接近硬腭，而發 r 時，聲帶顫動，r 是濁音。

3. 舌面音 j q x

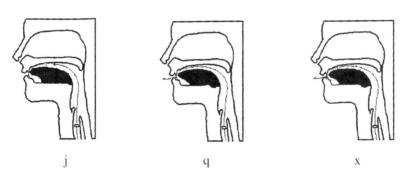

j　　　　　　　　q　　　　　　　　x

在發舌面音 j 和 q 的時候，都是舌尖在下齒背，然後使舌面前部貼住上腭，不過發 q 音的時候，有較強烈的氣流衝出；在發 x 的時候，舌面接近上腭。

4. 朗讀練習

4.1. 請注意下面詞語中帶舌尖前音 z、c、s 的字,並朗讀一遍。

zuótiān   kuàicān   sānmíngzhì   cāntīng   sìzhōu

chī fàn   zuòwèi   xièxie   shípǐn   záwù

4.2. 請注意下面詞語中帶舌尖後音 zh、ch、sh、r 的字,並朗讀一遍。

zhídé   nǎichá   shénme   zhǒnglèi   règǒu

jìngrán   shíwǔ   fēnzhōng   fēicháng   guǎngchǎng

4.3. 請注意下面詞語中帶舌面音 j、q、x 的字,並朗讀一遍。

jiàqián   qǐngwèn   jīngxǐ   kèqi   xiǎngdào

dàjiā   gānjìng   tuījiàn   yāoqiú   fùjìn

4.4. 對比練習

1) zh－z   ch－c   sh－s

佔用 zhànyòng   暫用 zànyòng   照舊 zhàojiù   造就 zàojiù

產品 chǎnpǐn   殘品 cánpǐn   插手 chāshǒu   擦手 cāshǒu

山地 shāndì   三地 sāndì   善心 shànxīn   散心 sànxīn

2) z－j   c－q   s－x

姿色 zīsè   飢色 jīsè   字數 zìshù   技術 jìshù

磁帶 cídài   臍帶 qídài   刺激 cìjī   契機 qìjī

私有 sīyǒu   稀有 xīyǒu   死訊 sǐxùn   喜訊 xǐxùn

5. 聽寫及朗讀練習

以下練習的詞語發音都是說粵語的人容易混淆的,注意聆聽並將正確拼音填入空格內,然後朗讀。

5.1. j q x

1) 請你把自己 _____ 的意見 _____ 向上級 _____ 簡 _____

單解 _____ 釋一下。

2) 這是你的權 _____ 利，我勸 _____ 你千萬別放棄 _____ 。

3) 學 _____ 習 _____ 和休 _____ 息 _____ 同樣重要，需 _____ 要好好協 _____ 調。

5.2. zh　ch　sh　r

1) 這 _____ 本雜誌 _____ 是 _____ 看雜技表演時 _____ 送的。

2) 要徹 _____ 底把情緒病治好，有一定的過程 _____ ，需要長 _____ 期吃 _____ 藥。

3) 她沒失 _____ 蹤，她在世 _____ 紀商 _____ 場樓上 _____ 賣香腸 _____ 。

4) 假如 _____ 你想學好日 _____ 文，當然 _____ 非得認 _____ 真學不可。

5.3. z　c　s

1) 甚麼叫做 _____ 人力資 _____ 源增 _____ 值？

2) 她曾 _____ 經説過新的經濟政策 _____ 與刺 _____ 激消費無關。

3) 看球賽 _____ 是為了輕鬆 _____ 一下，別因為輸贏而喪 _____ 氣。

三 語音小提示

以下幾組字在粵語同音，但在普通話不同音：

1. 軒 xuān	牽 qiān		2. 尊 zūn	專 zhuān	
3. 鑒 jiàn	尷 gān		4. 斤 jīn	根 gēn	
5. 仍 réng	營 yíng		6. 熊 xióng	紅 hóng	
7. 全 quán	存 cún		8. 穿 chuān	村 cūn	

9. 宣 xuān　　　孫 sūn　　　　10. 套 tào　　　吐 tù

11. 或 huò　　　劃 huà　　　　12. 惹 rě　　　野 yě

13. 而 ér　　　儀 yí　　　　　14. 如 rú　　　娛 yú

15. 由 yóu　　　柔 róu　　　　16. 扯 chě　　　且 qiě

17. 角 jiǎo　　　閣 gé　　　　　18. 廁 cè　　　翅 chì

第四部分　補充詞語

一　常用傢具及室內設備名稱

凳子	dèngzi	窗戶	chuānghu	熱水器	rèshuǐqì
櫃子	guìzi	天花板	tiānhuābǎn	吸塵器	xīchénqì
茶几	chájī	書架	shūjià	微波爐	wēibōlú
桌子	zhuōzi	排風扇	páifēngshàn	洗衣機	xǐyījī
椅子	yǐzi	空調	kōngtiáo	電冰箱	diànbīngxiāng
沙發	shāfā				

二　常用與租房及買房有關的詞語

押金	yājīn	律師	lǜshī	加租	jiā zū
利率	lìlǜ	契約	qìyuē	分期	fēnqī
差餉	chāixiǎng	銀行	yínháng	減息	jiǎn xī
貸款	dàikuǎn	優惠	yōuhuì	糾紛	jiūfēn

三　區內設施

住宅	zhùzhái	購物中心	gòuwù zhōngxīn

警署	jǐngshǔ	公共圖書館	gōnggòng túshūguǎn
郵局	yóujú	社區會堂	shèqū huìtáng
學校	xuéxiào	運動場	yùndòngchǎng
銀行	yínháng	電影院	diànyǐngyuàn
診所	zhěnsuǒ	游泳池	yóuyǒngchí

四 普粵詞語對比

普通話	拼音	廣東話
1. 蓋樓房	gài lóufáng	起樓、起屋
2. 建築工地	jiànzhù gōngdì	地盤
3. 房屋中介	fángwū zhōngjiè	地產經紀
4. 小區	xiǎoqū	屋邨、屋苑
5. 樣板房	yàngbǎn fáng	示範單位
6. 陽台	yángtái	騎樓
7. 寬敞	kuānchang	闊落
8. 方正	fāngzhèng	四正
9. 刷牆	shuā qiáng	鬆灰水
10. 拉門	lāmén	趟門
11. 電源開關	diànyuán kāiguān	電掣
12. 插頭	chātóu	插蘇
13. 變壓器	biànyāqì	火牛
14. 噴頭	pēntóu	花灑
15. 押金	yājīn	按金
16. 房貸／房屋貸款	fángdài／fángwū dàikuǎn	樓宇按揭
17. 首付款	shǒufùkuǎn	首期
18. 房產證	fángchǎn zhèng	屋契
19. 入住／進住	rùzhù／jìn zhù	入伙
20. 水淹／淹水	shuǐyān／yānshuǐ	水浸

第五部分 説話練習

一 短句練習

例　句	
1. 你家住在哪兒？	Nǐ jiā zhù zài nǎr?
2. 我住在九龍。	Wǒ zhù zài Jiǔlóng.
3. 我家離火車站很近。	Wǒ jiā lí huǒchēzhàn hěn jìn.
4. 這個住宅區規劃得很好。	Zhège zhùzháiqū guīhuà de hěn hǎo.
5. 附近有商場、診所、菜市場，很方便。	Fùjìn yǒu shāngchǎng、zhěnsuǒ、càishìchǎng, hěn fāngbiàn.
6. 我搬過幾次家。	Wǒ bān guo jǐ cì jiā.
7. 現在住的地方有三室兩廳。	Xiànzài zhù de dìfang yǒu sān shì liǎng tīng.
8. 大樓的管理也不錯。	Dàlóu de guǎnlǐ yě búcuò.
9. 新房子比較寬敞。	Xīn fángzi bǐjiào kuānchang.
10. 找房子的時候，也要考慮交通和環境的問題。	Zhǎo fángzi de shíhou, yě yào kǎolù jiāotōng hé huánjìng de wèntí.

二 住房

1. 兩人一組，一人是地產中介，一人是想租房子或者買房子的人，根據提供的資料，做一個對話。

2. 請向內地的朋友介紹一下一般香港人的居住環境。

3. 請向班上的同學介紹一下你家裏的客廳（或是廚房、臥室）都有些甚麼傢具和電器，怎麼擺能更省地方。

4. 請向內地的朋友説説在香港租房子或買房子都有哪些步驟，都需要注意些甚麼問題。

逛街

第一部分　課文

一　對話一：我們一起去逛街

情景：區詠嫻是一名報刊編輯，她的好朋友柯蘭，是內地派駐香港的記者。

普通話	拼音	廣東話
區詠嫻： 柯蘭，今天下班以後我們要去銅鑼灣逛逛，你有沒有興趣？	*Ōu Yǒngxián:* Kē Lán, jīntiān xiàbān yǐhòu wǒmen yào qù Tóngluówān guàngguang, nǐ yǒu méiyǒu xìngqù?	**區詠嫻：** 柯蘭，今日放工我哋去銅鑼灣行吓，你有冇興趣？
柯蘭： 興趣倒是有，不過幹嘛要跑那麼遠？我發現在香港啊，很多店舖都是連鎖店，去銅鑼灣、旺角或者沙田買衣服都差不多。	*Kē Lán:* Xìngqù dào shì yǒu, búguò gànmá yào pǎo nàme yuǎn? Wǒ fāxiàn zài Xiānggǎng a, hěn duō diànpù dōu shì liánsuǒdiàn, qù Tóngluówān、Wàngjiǎo huòzhě Shātián mǎi yīfu dōu chàbuduō.	**柯蘭：** 興趣有就有，不過點解要去到咁遠？我發現喺香港有好多連鎖店，去銅鑼灣、旺角或者沙田買衫都差唔多。
區詠嫻： 分別還是有的，至少商店的裝潢、佈置不同，何況我們今天去的是一家新開的商場，就算買不到合適的衣服，也可以參觀一下兒，保證不會讓你白跑一趟。	*Ōu Yǒngxián:* Fēnbié háishi yǒu de, zhì shǎo shāngdiàn de zhuānghuáng、bùzhì bùtóng, hékuàng wǒmen jīntiān qù de shì yì jiā xīn kāi de shāngchǎng, jiù suàn mǎi bu dào héshì de yīfu, yě kěyǐ cānguān yíxiàr, bǎozhèng bú huì ràng nǐ bái pǎo yí tàng.	**區詠嫻：** 有分別㗎，至少間舖頭嘅裝修、佈置都唔同，何況我哋今日去係一間新開嘅商場，就算買唔到衫，都可以參觀吓，包你唔會白行一趟。

普通話	拼　音	廣東話
(在街上)	(Zài jiēshang)	(喺街上面)
柯蘭： 詠嫻，你看，在我們周圍的女人當中，十個有九個都穿①着高跟兒鞋，醫生的忠告完全不起作用啊。	Kē Lán: Yǒngxián, nǐ kàn, zài wǒmen zhōuwéi de nǚrén dāngzhōng, shí ge yǒu jiǔ ge dōu chuānzhe gāogēnrxié, yīshēng de zhōnggào wánquán bù qǐ zuòyòng a.	柯蘭： 詠嫻，你睇，周圍啲女人都着高踭鞋，醫生嘅忠告完全冇用。
區詠嫻： 香港就是這樣，外國流行的東西很快就會因為某某明星的帶動而風靡全城，所以就會出現人腳一雙的奇觀。	Ōu Yǒngxián: Xiānggǎng jiù shì zhèyàng, wàiguó liúxíng de dōngxi hěn kuài jiù huì yīnwèi mǒumǒu míngxīng de dàidòng ér fēngmǐ quán chéng, suǒyǐ jiù huì chūxiàn rén jiǎo yì shuāng de qíguān.	區詠嫻： 香港就係噉㗎啦，外國興咩嘢好快會因為乜乜明星嘅效應而風靡全世界，所以會出現一人一對嘅奇觀。
柯蘭： 對，不過，從另一方面來看，我覺得這個現象也是跟香港的消費者沒有太多的選擇有關。你瞧，我們經過這麼多家商店，店裏賣的東西，不論款式、花色或是價錢都大同小異。	Kē Lán: Duì, búguò, cóng lìng yì fāngmiàn lái kàn, wǒ juéde zhèige xiànxiàng yě shì gēn Xiānggǎng de xiāofèizhě méi yǒu tài duō de xuǎnzé yǒuguān. Nǐ qiáo, wǒmen jīngguò zhème duō jiā shāngdiàn, diànli mài de dōngxi, búlùn kuǎnshì、huāsè huò shì jiàqián dōu dà tóng xiǎo yì.	柯蘭： 係啦，不過從另一方面睇，我覺得呢個現象都係同香港嘅消費者無太多選擇有關。你睇吓，我哋經過咁多間舖頭，裏面賣嘅嘢，無論款式、花色或者價錢都差唔多。
區詠嫻： 可不是嘛②。看來，我們都得上③消費者委員會那兒去投訴一下兒才行。	Ōu Yǒngxián: Kě bú shì ma. Kàn lái, wǒmen dōu děi shàng xiāofèizhě wěiyuánhuì nàr qù tóusù yíxiàr cái xíng.	區詠嫻： 就係囉，睇嚟我地要去消費者委員會果度投訴吓先得。

註釋：

① 穿："穿着"一詞，普通話取"穿"，説"穿鞋"、"穿衣服"，粵語取"着"，説"着鞋"、"着衫"。

② 可不是嘛：口語中表示贊同的一種説法。

③ 上：去、到。如：上哪兒去？上商場買點兒東西。

二 對話二：上衣不如換大一號的

情景：柯蘭和區詠嫻在服裝店買衣服。

普通話	拼　音	廣東話
服務員： 歡迎光臨。請慢慢兒看。	*Fúwùyuán:* Huānyíng guānglín. Qǐng mànmānr kàn.	**服務員：** 歡迎光臨。請慢慢睇。
柯蘭： 我想買一套正式場合穿的衣服。	*Kē Lán:* Wǒ xiǎng mǎi yí tào zhèngshì chǎnghé chuān de yīfu.	**柯蘭：** 我想買一套正式場合着嘅衫。
服務員： 哦，有啊。請跟我到這邊來。 這些都是比較正式的套裝。面料和設計都很不錯。	*Fúwùyuán:* Ò, yǒu a. Qǐng gēn wǒ dào zhèibiān lái. Zhèxiē dōu shì bǐjiào zhèngshì de tàozhuāng. Miànliào hé shèjì dōu hěn búcuò.	**服務員：** 哦，有呀。請跟我埋嚟呢邊。 呢啲都係比較正式嘅套裝。質料同設計都唔錯㗎。
柯蘭： 價錢怎麼樣？	*Kē Lán:* Jiàqián zěnmeyàng?	**柯蘭：** 價錢點樣？
服務員： 這個星期還有特價。打五折。最重要的是你喜歡。你看中了可以試穿一下。	*Fúwùyuán:* Zhège xīngqī hái yǒu tèjià. Dǎ wǔzhé. Zuì zhòngyào de shì nǐ xǐhuan. Nǐ kàn zhòng le kěyǐ shìchuān yíxià.	**服務員：** 呢個星期仲有特價。做緊五折。最重要係你鍾意。你睇啱可以試吓。
柯蘭： 這套深色套裝看起來不錯。詠嫻，你覺得呢？	*Kē Lán:* Zhèi tào shēnsè tàozhuāng kàn qilai búcuò. Yǒngxián, nǐ juéde ne?	**柯蘭：** 呢套深色套裝睇起嚟唔錯。詠嫻，你覺得呢？
區詠嫻： 嗯，設計簡潔，但又不顯得死板。看看穿上去的效果怎麼樣？	*Ōu Yǒngxián:* Ňg, shèjì jiǎnjié, dàn yòu bù xiǎnde sǐbǎn. Kànkan chuān shàngqu de xiàoguǒ zěnmeyàng?	**區詠嫻：** 嗯，設計簡潔，但係又唔覺得死板。睇吓着起嘅效果係點？
服務員： 你可以試試這個尺寸的。試衣間在收款處①的旁邊。	*Fúwùyuán:* Nǐ kěyǐ shìshi zhège chǐcùn de. Shìyījiān zài shōukuǎnchù de pángbiān.	**服務員：** 你可以試吓呢個碼。試身室喺收銀處隔籬。

普通話	拼　音	廣東話
（從試衣間出來）	(Cóng shìyījiān chūlái)	（喺試身室出嚟）
柯蘭： 褲子很合身，就是上衣瘦了點兒。詠嫻，你看是不是扣上鈕子②就太緊了點兒？	Kē Lán: Kùzi hěn héshēn, jiùshì shàngyī shòule diǎnr. Yǒngxián, nǐ kàn shìbushì kòushang kòuzi jiù tài jǐnle diǎnr?	柯蘭： 條褲好啱身，就係上身窄咗啲。詠嫻，你睇吓係唔係扣埋鈕就太緊？
區詠嫻： 嗯，衣服不如換大一號③的。	Ōu Yǒngxián: Ǹg, yīfu bùrú huàn dà yí hào de.	區詠嫻： 嗯，件衫不如換大一個碼。
（試穿後）	(Shìchuān hòu)	（試着後）
柯蘭： 這回肥瘦合適了，倒是袖子有點兒長。	Kē Lán: Zhè huí féishòu héshì le, dàoshì xiùzi yǒudiǎnr cháng.	柯蘭： 今次鬆緊就啱，不過個袖有啲長。
服務員： 問題不大。我們可以免費幫客人改衣服。三天以後可以取。	Fúwùyuán: Wèntí búdà. Wǒmen kěyǐ miǎnfèi bāng kèrén gǎi yīfu. Sān tiān yǐhòu kěyǐ qǔ.	服務員： 問題唔大。我哋可以免費幫客人改衫。三日後可以攞。
柯蘭： 好吧，就買這套了。	Kē Lán: Hǎo ba, jiù mǎi zhèi tào le.	柯蘭： 好啦，就買呢套。

註釋：

① 粵語中"收銀"、"銀包"、"散銀"在普通話有不同的説法，分別是："收款"、"錢包"、"零錢"、"鋼鏰兒"（gāngbèngr）。

② "鈕釦"，粵語取"鈕"，普通話説"釦子"。

③ 説衣服的尺寸普通話常用"號"，如：加大號、中號、四十號等。

三 購物天堂

普通話

　　世界各地的遊客都知道香港是一個"購物天堂"。大型的購物商場不但數量多，而且交通方便，很多甚至就在地鐵站和火車站的上面。商場裏服裝飾物、化妝用品、電器、食品差不多樣樣都有得賣，逛累了還可以坐下來看個電影、喝杯飲料。此外，香港的購物街也都有自己的賣點。如花墟、雀鳥街、金魚街，一聽就知道是賣甚麼的。在那些特色購物街你還可以找到乾貨、傢具、古董、玉器等貨品。大家都認為真正的"購物天堂"應該是貨真價實的地方。

拼　音

　　Shìjiè gèdì de yóukè dōu zhīdào Xiānggǎng shì yí ge "gòuwù tiāntáng". Dàxíng de gòuwù shāngchǎng búdàn shùliàng duō, érqiě jiāotōng fāngbiàn, hěn duō shènzhì jiù zài dìtiězhàn hé huǒchēzhàn de shàngmiàn. Shāngchǎng li fúzhuāng shìwù、huàzhuāng yòngpǐn、diànqì、shípǐn chàbuduō yàngyàng dōu yǒudé mài, guàng lèi le hái kěyǐ zuò xiàlái kàn ge diànyǐng、hē bēi yǐnliào. Cǐwài, Xiānggǎng de gòuwùjiē yě dōu yǒu zìjǐ de màidiǎn. Rú Huāxū、quèniǎo jiē、jīnyú jiē, yì tīng jiù zhīdào shì mài shénme de. Zài nàxiē tèsè gòuwùjiē nǐ hái kěyǐ zhǎodào gānhuò、jiājù、gǔdǒng、yùqì děng huòpǐn. Dàjiā dōu rènwéi zhēnzhèng de "gòuwù tiāntáng" yīnggāi shì huò zhēn jià shí de dìfang.

第二部分　詞語表

1.	興趣	xìngqù	interest
2.	發現	fāxiàn	discover, find (sth. unknown, etc.)
3.	佈置	bùzhì	arrange, set up, lay out
4.	合適	héshì	be suitable, fit
5.	參觀	cānguān	visit (like as an observer, tourist, etc.)
6.	保證	bǎozhèng	guarantee, pledge

7.	流行	liúxíng	popular, fashionable, in vogue
8.	風靡	fēngmǐ	be fashionable, be the rage
9.	現象	xiànxiàng	phenomenon
10.	消費者	xiāofèizhě	consumer
11.	選擇	xuǎnzé	choose, select
12.	款式	kuǎnshì	pattern, design
13.	投訴	tóusù	lodge a complaint
14.	場合	chǎnghé	occasion
15.	設計	shèjì	design; devise
16.	特價	tèjià	special (low) price
17.	打折	dǎzhé	sell at a discount
18.	效果	xiàoguǒ	effect, result
19.	尺寸	chǐcùn	size
20.	袖子	xiùzi	sleeve
21.	世界	shìjiè	the world
22.	大型	dàxíng	large, large-scale
23.	甚至	shènzhì	even, go so far as to
24.	化妝	huàzhuāng	make-up
25.	電器	diànqì	electric appliance
26.	賣點	màidiǎn	selling point
27.	特色	tèsè	special characteristic, distinctive feature
28.	認為	rènwéi	think (opinion)

第三部分　拼音知識及練習

一　兒化韻

1. 普通話裏有些字的韻母後邊可以加上 er 音，我們稱為兒化韻，但最後的 er 並不是獨立的音節，所以在標示的時候，只在音節的後邊加一個 r。兒化有時候能區別詞義或者改變詞性。例如：huà huàr 畫畫兒；yí kuài qián 一塊錢，yíkuàir qù 一塊兒去。不同的韻母在兒化後的讀音有不同的變化。例如：

　　1.1. a、o、e、u 兒化後，仍保留原來韻母的讀音但帶着翹舌動作，如：yíxiàr 一下兒，méicuòr 沒錯兒，zhèr 這兒，kùdōur 褲兜。

　　1.2. i、ü 兒化後，在發音的時候就要加上 er 這個音，如：xiǎo yúr 小魚兒，chuǎnqìr 喘氣兒。

　　1.3. in、ing 兒化後，n 或 ng 不發音，但加上 er 這個音，如：méi jìnr 沒勁兒，yǎnjìngr 眼鏡兒。

　　1.4. 其他 n 或 ng 結尾的音節化後，n 或 ng 不發音，保留原來韻母的讀音但帶着翹舌動作，如：yì quānr 一圈兒，hǎowánr 好玩兒，yǒu kòngr 有空兒，yí fènr 一份兒，xiǎo shēngr 小聲兒。

2. 朗讀練習

心眼兒　xīnyǎnr	一會兒　yíhuìr	沒準兒　méi zhǔnr
好好兒　hǎohāor	滋味兒　zīwèir	小孩兒　xiǎoháir
一點兒　yìdiǎnr	幹活兒　gàn huór	這兒　　zhèr
那兒　　nàr	哪兒　　nǎr	

二　鼻音韻母復習

1. 前後鼻音韻母對比練習

　　1）　an – ang

　　　　天壇 tiāntán　　　　天堂 tiāntáng　　　　善事 shànshì　　　　上市 shàngshì

乾杯 gānbēi	鋼杯 gāngbēi	感人 gǎnrén	港人 Gǎngrén

2）　en－eng

吩咐 fēnfù	豐富 fēngfù	粉刺 fěncì	諷刺 fěngcì
真魚 zhēnyú	蒸魚 zhēngyú	震盪 zhèndàng	正當 zhèngdàng

3）　in－ing

金魚 jīnyú	鯨魚 jīngyú	禁止 jìnzhǐ	靜止 jìngzhǐ
親生 qīnshēng	輕生 qīngshēng	信服 xìnfú	幸福 xìngfú

4）　ian－iang

堅持 jiānchí	僵持 jiāngchí	簡歷 jiǎnlì	獎勵 jiǎnglì
前人 qiánrén	強人 qiángrén	先進 xiānjìn	相近 xiāngjìn

5）　uan－uang

丸子 wánzi	王子 wángzǐ	晚上 wǎnshang	網上 wǎngshang
關頭 guāntóu	光頭 guāngtóu	環線 huánxiàn	黃線 huángxiàn

2. 聽辨練習：注意聆聽並選出正確的拼音

返港	fǎn Gǎng	fǎng Gǎng	信心	xìnxīn	xìngxīn
盤子	pánzi	pángzi	新興	xīnxīng	xīngxīng
充滿	chōngmǎng	chōngmǎn	印象	yìnxiàng	yìnxiàn
觀光	guānguāng	guāngguān	循環	xúnhuán	xúnhuáng
現象	xiàngxiàn	xiànxiàng	狀況	zhuànkuàng	zhuàngkuàng
慌亂	huānluàn	huāngluàn	還款	huánkuǎn	huángkuǎn
年鑒	niánjiàn	niángjiàng	牽強	qiānqiǎng	qiāngqiǎn

3. 聽寫及朗讀練習

以下練習的詞語發音都是說粵語的人容易混淆的，注意聆聽並將正確的拼音填入空格內，然後朗讀。

3.1. an, ian, in

1) 肺炎 _____ 蔓 _____ 延 _____ 的情況嚴 _____ 重，引 _____ 起群眾恐慌。

2) 房間 _____ 裏沒有窗戶，你又禁 _____ 止我開燈，我怎麼看 _____ 得見 _____ ？

3) 誰說女人善 _____ 變 _____ ？在簽 _____ 結婚證書之前 _____ ，多考慮一下是理所當然 _____ 的。

3.2. en, eng, ing, ong

1) 他一會兒說頭疼 _____ ，一會兒說肚子痛 _____ ，真 _____ 不知道他有甚麼毛病 _____ ？

2) 這 個 本 _____ 子上並 _____ 沒寫上姓 _____ 名 _____ ，你憑 _____ 甚麼說是你的，你能證 _____ 明 _____ 嗎？

3) 昨晚我做了一個夢 _____ ，夢見自己出海航行 _____ ，橫 _____ 渡大西洋，結果，碰 _____ 上暴風 _____ 雨，把我嚇出了一身 _____ 冷 _____ 汗，然後就醒 _____ 了。

3.3. uan, uang, uen, üan, ün

1) 船 _____ 上有張牀 _____ ，如果你覺得頭暈 _____ 就上牀休息。

2) 接受軍 _____ 訓時最重要的就是專 _____ 心學習，遵 _____ 守紀律，服從命令。

3) 你別怨 _____ 我沒錢，我把錢全 _____ 存 _____ 到銀行裏去了。我沒有錢給你買禮券 _____ ，更沒有錢給你買裙 _____ 子。

4) 他們打算 _____ 宣 _____ 布你去競選 _____ 縣長，不是院 _____ 長。

5) 他的雙 _____ 手受了傷 _____ ，沒法子繼續工作，損 _____ 失慘重。

6) 沒有得到他的允 _____ 許，你不可以使用這套軟 _____ 件。

三　語音小提示

以下幾組字在粵語同音，但在普通話不同音：

1.	美 měi	尾 wěi		2.	弟 dì	隸 lì
3.	富 fù	褲 kù		4.	虎 hǔ	苦 kǔ
5.	很 hěn	懇 kěn		6.	鈕 niǔ	朽 xiǔ
7.	濫 làn	艦 jiàn		8.	港 gǎng	講 jiǎng
9.	狗 gǒu	九 jiǔ		10.	換 huàn	玩 wán
11.	顆 kē	火 huǒ		12.	課 kè	貨 huò
13.	空 kōng	胸 xiōng		14.	哈 hā	蝦 xiā
15.	孩 hái	鞋 xié		16.	考 kǎo	巧 qiǎo
17.	昏 hūn	勳 xūn		18.	粒 lì	凹 āo

第四部分　補充詞語

一　常用與服飾有關的詞語

領結	lǐngjié	絲巾	sījīn	戒指	jièzhi
夾克	jiākè	裙子	qúnzi	旗袍	qípáo
眼鏡	yǎnjìng	墊肩	diànjiān	袖釦兒	xiùkòur
背心	bèixīn	靴子	xuēzi	項鍊	xiàngliàn
膠鞋	jiāoxié	西裝	xīzhuāng	胸針	xiōngzhēn
鐲子	zhuózi	手錶	shǒubiǎo	襯衫	chènshān
長褲	chángkù	校服	xiàofú	制服	zhìfú
睡衣	shuìyī	摺傘	zhésǎn	草帽	cǎomào

二　購買服飾時常用的詞語

款式	kuǎnshì	質地	zhìdì	花色	huāsè
剪裁	jiǎncái	尺寸	chǐcùn	大小	dàxiǎo
長短	chángduǎn	寬窄	kuānzhǎi	肥瘦	féishòu
輕軟	qīngruǎn	合身	héshēn	耐穿	nài chuān
針線	zhēnxian	絨布	róngbù	縮水	suō shuǐ
有彈性	yǒu tánxìng	印染	yìnrǎn	牛仔布	niúzǎibù
絲綢	sīchóu	針織品	zhēnzhīpǐn	卡其布	kǎqíbù
纖維	xiānwéi	刺繡	cìxiù	乾洗	gānxǐ

三　常用形容顏色的詞語

棗紅	zǎohóng	橘紅	júhóng	金黃	jīnhuáng
淺綠	qiǎnlù	純黑	chúnhēi	紫色	zǐsè
深藍	shēnlán	銀灰	yínhuī	乳白	rǔbái
杏色	xìngsè	棕色	zōngsè	肉色	ròusè
粉紅	fěnhóng	藏青	zàngqīng	花哨	huāshao
素淨	sùjing	鮮艷	xiānyàn	扎眼	zhāyǎn

四　普粵詞語對比

普通話		廣東話	普通話		廣東話
1. 上街	shàngjiē	出街	6. 熨衣服	yùn yīfu	燙衫
2. 買東西	mǎi dōngxi	買嘢	7. 脫鞋	tuōxié	除鞋
3. 穿衣服	chuān yīfu	着衫	8. 合算 / 值	hésuàn / zhí	抵買
4. 燙頭髮	tàng tóufa	電髮	9. 耐穿	nàichuān	襟着
5. 理髮店	lǐfàdiàn	飛髮舖	10. 掉色兒	diàoshǎir	甩色

	普通話	廣東話
11.	樣式 yàngshì	花款
12.	摺疊傘 zhédié sǎn	縮骨遮
13.	手套 shǒutào	手襪
14.	襯衫 chènshān	恤衫
15.	毛衣 máoyī	冷衫

	普通話	廣東話
16.	球鞋 qiúxié	波鞋
17.	鈕子 kòuzi	鈕
18.	領帶 lǐngdài	呔
19.	錢包 qiánbāo	銀包
20.	鐲子 zhuózi	手鈪

第五部分　說話練習

一　短句練習

例　句	
1. 這個購物中心很值得逛逛。	Zhège gòuwù zhōngxīn hěn zhídé guàngguang.
2. 過節的時候，商場的佈置很有特色。	Guòjié de shíhou, shāngchǎng de bùzhì hěn yǒu tèsè.
3. 在那兒，電器店、服裝店、食品店，應有盡有。	Zài nàr, diànqìdiàn、fúzhuāngdiàn、shípǐndiàn, yīngyǒu jìnyǒu.
4. 換季的時候不少商品都打折出售。	Huànjì de shíhou bùshǎo shāngpǐn dōu dǎzhé chūshòu.
5. 逛累了也可以坐下來休息一下。	Guàng lèi le yě kěyǐ zuò xiàlái xiūxi yíxià.
6. 在美食廣場可選擇的食品很多。	Zài měishí guǎngchǎng kě xuǎnzé de shípǐn hěn duō.
7. 在那兒買東西能討價還價嗎？	Zài nàr mǎi dōngxi néng tǎojià huánjià ma?
8. 一分錢一分貨嘛。	Yì fēn qián yì fēn huò ma.
9. 發現商品有問題能退貨嗎？	Fāxiàn shāngpǐn yǒu wèntí néng tuìhuò ma?
10. 憑收據能在任何分店換購。	Píng shōujù néng zài rènhé fēndiàn huàngòu.

二 買東西

1. 請向班上同學介紹一個你最喜歡去的購物中心。

2. 請向內地來的朋友介紹一個買衣服或是電器用品的地方，並説説如果想買檔次不同的貨品應該到甚麼地方去，買的時候需要注意些甚麼。

3. 首先由老師邀請一位同學，請他把班上另一位同學的名字交給老師，然後讓全班同學輪流提問，猜出是哪一位同學，出題同學只可以回答是或者不是。問題可以圍繞那位同學的服飾特徵。

4. 兩人一組，根據老師提供的資料做一段買東西的會話。

5. 如果你是推介香港的旅遊大使，請做一個三分鐘的短講，向外地的客人宣傳"香港是一個購物天堂"。

第**7**^課 旅行

第一部分　課文

一　對話一：我想打聽一下參加旅行團的事

情景：鄭先生是台灣人，現在在香港工作。今天他經過旅行社門口，想進去了解一下參加旅行團的情況。

普通話	拼音	廣東話
旅行社職員： 這位先生，您想訂機票還是想報旅行團？	*Lǚxíngshè zhíyuán:* Zhèi wèi xiānsheng, nín xiǎng dìng jīpiào háishi xiǎng bào lǚxíngtuán?	旅行社職員： 呢位先生，你想訂機票定係想報旅行團？
鄭先生： 哦，我想打聽一下參加旅行團的事。	*Zhèng xiānsheng:* Ò, wǒ xiǎng dǎting yíxià cānjiā lǚxíngtuán de shì.	鄭先生： 哦，我想問吓參加旅行團嘅嘢。
旅行社職員： 您請到這邊來。請坐。您想到哪兒旅遊，想去幾天呢？	*Lǚxíngshè zhíyuán:* Nín qǐng dào zhèibiān lái. Qǐng zuò. Nín xiǎng dào nǎr lǚyóu, xiǎng qù jǐ tiān ne?	旅行社職員： 請你過嚟呢邊。請坐。你想去邊度旅遊，想去幾多日呢？
鄭先生： 是這樣的，我想給孩子找一個練習普通話和了解中國文化的機會。最好能全家一起去。	*Zhèng xiānsheng:* Shì zhèiyàng de, wǒ xiǎng gěi háizi zhǎo yí ge liànxí Pǔtōnghuà hé liǎojiě Zhōngguó wénhuà de jīhuì. Zuì hǎo néng quán jiā yìqǐ qù.	鄭先生： 係嗽嘅，我想幫仔女搵一個練習普通話同了解中國文化嘅機會。最好可以全家一齊去。
旅行社職員： 您的孩子多大了？	*Lǚxíngshè zhíyuán:* Nín de háizi duō dà le?	旅行社職員： 你個細路幾大呀？

普通話	拼　音	廣東話
鄭先生： 十四歲。她會 ① 説日常的普通話。讓她一個人跟遊學團旅行有點兒不放心。	*Zhèng xiānsheng:* Shísì suì. Tā huì shuō rìcháng de Pǔtōnghuà. Ràng tā yí gè rén gēn yóuxuétuán lǚxíng yǒudiǎnr bú fàngxīn.	鄭先生： 十四歲。佢識講日常嘅普通話。俾佢一個人跟遊學團旅行有啲唔放心。
旅行社職員： 我們這兒正好有"暑期闔家歡北京遊"的團。開辦兩年以來，反應不錯。	*Lǚxíngshè zhíyuán:* Wǒmen zhèr zhènghǎo yǒu "shǔqī héjiāhuān Běijīng yóu" de tuán. Kāibàn liǎng nián yǐlái, fǎnyìng búcuò.	旅行社職員： 我哋呢度咁啱有"暑期闔家歡北京遊"嘅團。開辦兩年以嚟，反應唔錯。
鄭先生： 我在朋友那兒聽説了一點兒。	*Zhèng xiānsheng:* Wǒ zài péngyou nàr tīng shuō le yìdiǎnr.	鄭先生： 我喺朋友嗰度聽講過吓。
旅行社職員： 這是七天遊的行程表。除了天安門廣場、故宮、長城、天壇、胡同遊之外，我們安排了一個整天去參觀北京兩所著名的大學，跟大學的師生交流，午餐就在清華大學的食堂吃。	*Lǚxíngshè zhíyuán:* Zhè shì qī tiān yóu de xíngchéng biǎo. Chúle Tiān'ānmén Guǎngchǎng、Gùgōng、Chángchéng、Tiāntán、hútòng yóu zhīwài, wǒmen ānpái le yí ge zhěngtiān qù cānguān Běijīng liǎng suǒ zhùmíng de dàxué, gēn dàxué de shīshēng jiāoliú. Wǔcān jiù zài Qīnghuá Dàxué de shítáng chī.	旅行社職員： 呢個係七日遊嘅行程表。除咗天安門廣場、故宮、長城、天壇、胡同遊之外，我哋安排咗一個全日，參觀北京兩間著名嘅大學，同大學嘅師生交流，午餐就喺清華大學嘅食堂食。
鄭先生： 這一頓是自費的？	*Zhèng xiānsheng:* Zhè yí dùn shì zìfèi de?	鄭先生： 呢一餐係自費嘅？
旅行社職員： 對，逛小吃夜市那一頓晚飯也是自費的。 其他的早、午、晚餐全包。	*Lǚxíngshè zhíyuán:* Duì, guàng xiǎochī yèshì nà yí dùn wǎnfàn yěshì zìfèi de. Qítā de zǎo、wǔ、wǎncān quán bāo.	旅行社職員： 係，遊小食夜市嗰一餐晚餐都係自費嘅。 其他嘅早、午、晚餐全包。
鄭先生： 這兩天主要是參觀博物館。	*Zhèng xiānsheng:* Zhè liǎng tiān zhǔyào shì cānguān bówùguǎn.	鄭先生： 呢兩日主要係參觀博物館。

普通話	拼音	廣東話
旅行社職員： 對，這個團沒有購物的項目，為的是突出"親子、修學"的特色。我們安排了前往圖書中心購書、參觀國家博物館、藝術館、太空館，還有科技館。	*Lǚxíngshè zhíyuán:* Duì, zhèige tuán méiyǒu gòu wù de xiàngmù, wèideshì tūchū "qīnzǐ, xiūxué" de tèsè. Wǒmen ānpái le qiánwǎng túshū zhōngxīn gòu shū, cānguān guójiā bówùguǎn, yìshùguǎn, tàikōng guǎn, hái yǒu kējìguǎn.	旅行社職員： 係，呢個團冇購物嘅項目，為嘅係突出"親子、修學"嘅特色。我哋安排咗前往圖書中心買書、參觀國家博物館、藝術館、太空館同埋科技館。
鄭先生： 還有數碼影像光盤送？	*Zhèng xiānsheng:* Hái yǒu shùmǎ yǐngxiàng guāngpán sòng?	鄭先生： 仲有數碼影像光碟送？
旅行社職員： 最後一天會有一個晚宴和聯歡會，孩子們可以進行才藝表演。我們會把幾天的活動和表演拍下來，送給每個家庭作紀念。	*Lǚxíngshè zhíyuán:* Zuìhòu yì tiān huì yǒu yí ge wǎnyàn hé liánhuānhuì, háizimen kěyǐ jìnxíng cáiyì biǎoyǎn. Wǒmen huì bǎ jǐtiān de huódòng hé biǎoyǎn pāi xialai, sònggěi měi ge jiātíng zuò jìniàn.	旅行社職員： 最後一日會有一個晚宴同聯歡會，啲細路可以進行才藝表演。我哋會將幾日嘅活動同表演拍低，送俾每個家庭留念。
鄭先生： 這個團費包不包門票？	*Zhèng xiānsheng:* Zhèige tuánfèi bāo bu bāo ménpiào?	鄭先生： 呢個團費包唔包門票？
旅行社職員： 不包。只包括車費、酒店的住房費。導遊的小費也要另算②。	*Lǚxíngshè zhíyuán:* Bù bāo. Zhǐ bāokuò chēfèi, jiǔdiàn de zhùfáng fèi. Dǎoyóu de xiǎofèi yě yào lìng suàn.	旅行社職員： 唔包。淨係包車費、酒店嘅住房費。導遊嘅小費都要另計。
鄭先生： 謝謝你的介紹，我先把資料拿回去看看。	*Zhèng xiānsheng:* Xièxie nǐ de jièshào, wǒ xiān bǎ zīliào ná huiqu kànkan.	鄭先生： 多謝你嘅介紹，我攞啲資料返去睇吓先。
旅行社職員： 您也可以上我們的網頁看看。這是網址。這是我的名片③，您有甚麼問題，請隨時給我打電話。	*Lǚxíngshè zhíyuán:* Nín yě kěyǐ shàng wǒmen de wǎngyè kànkan. Zhè shì wǎngzhǐ. Zhè shì wǒ de míngpiàn, nín yǒu shénme wèntí, qǐng suíshí gěi wǒ dǎ diànhuà.	旅行社職員： 你都可以上我哋嘅網頁睇吓。呢個係網址。呢張係我嘅卡片，你有咩問題，請隨時打電話俾我。

註釋：

① 會：表示懂得怎麼做、能夠做，普通話不說"懂做"、"懂說"，而要用"會"加動詞來表示，如：不會說那種語言／會做飯等等。

② 算：計算。粵語取"計"，如：計吓幾多錢。普通話用"算"，如：算算多少錢。

③ 名片：普通話中的"卡片"，是指用來記錄的紙片。印着姓名、職務、聯繫方式用於交際的卡片叫名片。

二　對話二：下個星期六有直航的機票嗎？

情景：孟潔是從內地到香港讀書的大學生，想利用來香港後的第一個假期去旅行。現在她在旅行社訂機票的櫃枱前。

普通話	拼音	廣東話
職員： 小姐，你想訂機票是嗎？	*Zhíyuán:* Xiǎojiě, nǐ xiǎng dìng jīpiào shì ma?	職員： 小姐，你係咪想訂機票？
孟潔： 對。我想問去澳大利亞的機票多少錢？	*Mèng Jié:* Duì. Wǒ xiǎng wèn qù Àodàlìyà de jīpiào duōshao qián?	孟潔： 係。我想問去澳洲嘅機票幾錢？
職員： 要看是哪個航空公司的，現在最便宜的也要四千多。	*Zhíyuán:* Yào kàn shì nǎge hángkōng gōngsī de, xiànzài zuì piányi de yě yào sìqiān duō.	職員： 要睇吓係邊間航空公司嘅，而家最平嘅都要四千幾。
孟潔： 怎麼比你們貼在外邊的價錢貴？	*Mèng Jié:* Zěnme bǐ nǐmen tiē zài wàibian de jiàqián guì?	孟潔： 點解貴過你哋貼喺出面嘅價錢嘅？
職員： 哦，現在是旅遊旺季，自然票價就不一樣。你想到哪個城市，哪天出發？	*Zhíyuán:* Ò, xiànzài shì lǚyóu wàngjì, zìrán piàojià jiù bù yíyàng. Nǐ xiǎng dào něige chéngshì, něi tiān chūfā?	職員： 哦，而家係旅遊旺季，自然票價就唔同。你想去邊個城市，邊日出發？
孟潔： 到悉尼，下個星期六有直航的嗎？	*Mèng Jié:* Dào Xīní, xià ge xīngqīliù yǒu zhíháng de ma?	孟潔： 去悉尼，下個星期六有無直航呀？

普通話	拼　音	廣東話
職員： 我幫你查一下。澳洲航空公司的直航機票已經賣完了。最早的時間是下下個星期三。 直航的機票要五千二，不包稅。	*Zhíyuán:* Wǒ bāng nǐ chá yíxià. Àozhōu Hángkōng Gōngsī de zhíháng jīpiào yǐjīng màiwán le. Zuìzǎo de shíjiān shì xiàxià ge xīngqīsān. Zhíháng de jīpiào yào wǔqiān èr, bù bāo shuì.	**職員：** 我幫你查吓。澳洲航空公司嘅直航機票已經賣晒喇。最快嘅時間係下個再下個星期三。 直航嘅機票要五千二，唔包稅。
孟潔： 那只好轉機了。	*Mèng Jié:* Nà zhǐhǎo zhuǎn jī le.	**孟潔：** 噉唯有轉機啦。
職員： 我再幫你找一找。	*Zhíyuán:* Wǒ zài bāng nǐ zhǎo yi zhǎo.	**職員：** 我再幫你搵吓。
孟潔： 最好便宜點兒。	*Mèng Jié:* Zuìhǎo piányi diǎnr.	**孟潔：** 最好平啲。
職員： 捷泰航空公司的算是便宜的了，包機場稅票價是四千六。中途要在新加坡轉機，在新加坡停留的時間是一個小時十五分鐘，時間比較短。	*Zhíyuán:* Jiétài Hángkōng Gōngsī de suànshì piányi de le, bāo jīchǎngshuì piàojià shì sìqiān liù. Zhōngtú yào zài Xīnjiāpō zhuǎnjī, zài Xīnjiāpō tíngliú de shíjiān shì yí ge xiǎoshí shíwǔ fēnzhōng, shíjiān bǐjiào duǎn.	**職員：** 捷泰航空公司嘅算係平㗎喇，包機場稅票價係四千六。中途要喺新加坡轉機，喺新加坡停留嘅時間係一個鐘頭十五分鐘，時間比較短。
孟潔： 幾點出發？	*Mèng Jié:* Jǐ diǎn chūfā?	**孟潔：** 幾點出發？
職員： 香港時間下午六點半出發，到新加坡是十點十分。 十一點二十五分從新加坡起飛，到悉尼是當地時間早上七點半左右。	*Zhíyuán:* Xiānggǎng shíjiān xiàwǔ liù diǎn bàn chūfā, dào Xīnjiāpō shì shí diǎn shí fēn. Shíyī diǎn èrshíwǔ fēn cóng Xīnjiāpō qǐ fēi, dào Xīní shì dāngdì shíjiān zǎoshang qī diǎn bàn zuǒyòu.	**職員：** 香港時間下晝六點半出發，到新加坡係十點十分。 十一點二十五分由新加坡起飛，到悉尼係當地時間朝早七點半左右。
孟潔： 好吧，就訂下個星期六捷泰航空公司的機票吧。	*Mèng Jié:* Hǎo ba, jiù dìng xià ge xīngqīliù Jiétài Hángkōng Gōngsī de jīpiào ba.	**孟潔：** 好啦，就訂下個星期六捷泰航空公司嘅機票啦。

普通話	拼音	廣東話
職員： 小姐，需要訂酒店嗎？	*Zhíyuán:* Xiǎojiě, xūyào dìng jiǔdiàn ma?	職員： 小姐，需要訂酒店嗎？
孟潔： 不用，我有朋友在那兒。	*Mèng Jié:* Búyòng, wǒ yǒu péngyou zài nàr.	孟潔： 唔使，我有朋友喺嗰邊。
職員： 請問買不買旅遊保險，班機誤點、丟失行李都可以賠償，如果不巧需要看病，回香港之後還可以報銷。這是詳細的條款，請看看。	*Zhíyuán:* Qǐngwèn mǎi bu mǎi lǚyóu bǎoxiǎn, bānjī wùdiǎn、diūshī xíngli dōu kěyǐ péicháng, rúguǒ bùqiǎo xūyào kànbìng, huí Xiānggǎng zhīhòu hái kěyǐ bàoxiāo. Zhè shì xiángxì de tiáokuǎn, qǐng kànkan.	職員： 請問買唔買旅遊保險，班機延誤、遺失行李都可以賠償，如果唔好彩需要睇醫生，返香港之後仲可以報銷。呢份係詳細嘅條款，請睇吓。
孟潔： 多少錢？	*Mèng Jié:* Duōshao qián?	孟潔： 幾錢？
職員： 一百五。多一個保障。	*Zhíyuán:* Yìbǎiwǔ. Duō yí ge bǎozhàng.	職員： 一百五。多一個保障。
孟潔： 最好用不上這個"保障"。	*Mèng Jié:* Zuìhǎo yòng bu shàng zhèige "bǎozhàng".	孟潔： 最好用唔着呢個"保障"啦。
職員： 當然大家都希望高興而去，平安而回了。	*Zhíyuán:* Dāngrán dàjiā dōu xīwàng gāoxìng ér qù, píng'ān ér huí le.	職員： 當然大家都希望高興嘅去，平安嘅返啦。
孟潔： 好，那就連保險也買了吧。我用信用卡付款。	*Mèng Jié:* Hǎo, nà jiù lián bǎoxiǎn yě mǎi le ba. Wǒ yòng xìnyòngkǎ fùkuǎn.	孟潔： 好，嘅就連保險都買埋啦。我用信用卡俾錢。
職員： 好，請把你的身份證給我。（都辦妥後）小姐，請核對一下資料，姓名，身份證號碼、航班號和出發、轉機的日期、時間。這是旅遊保險單和收據。	*Zhíyuán:* Hǎo, qǐng bǎ nǐ de shēnfènzhèng gěi wǒ. (Dōu bàntuǒ hòu) Xiǎojiě, qǐng héduì yíxià zīliào、xìngmíng、shēnfènzhèng hàomǎ、hángbānhào hé chūfā、zhuǎnjī de rìqī、shíjiān. Zhè shì lǚyóu bǎoxiǎndān hé shōujù.	職員： 好，請你將你嘅身份證俾我。（都辦妥後）小姐，請核對一吓啲資料，姓名、身份證號碼、航機編號同埋出發、轉機嘅日期、時間。呢張係旅遊保險單同收據。

普通話	拼　音	廣東話
孟潔： 好，沒問題。	*Mèng Jié:* Hǎo, méi wèntí.	孟潔： 好，冇問題。
職員： 我把 ① 所有單據都放在這個信封裏，請保管好。	*Zhíyuán:* Wǒ bǎ suǒyǒu dānjù dōu fàng zài zhège xìnfēng li, qǐng bǎoguǎn hǎo.	職員： 我將所有單據都收喺呢個信封入面，請保管好。

註釋：

① 把：表示處理、處置。粵語用"將"，普通話口語裏用"把"，"將"的書面語色彩較濃。如：把錢放在這兒／把話説完。

三　自助遊和跟團遊

普通話

　　説到旅遊的方式究竟哪種好，其實沒有絕對的答案。自由行和跟團遊，我都嘗試過，覺得各有各的好處。常常聽到人們説，跟團遊就像是鴨子一樣被趕來趕去，這是不假，可是走馬觀花也是個玩兒法，跟團的好處也有不少。

　　首先從價錢上看，跟旅行團未必就一定貴。機票、酒店、門票的團體票可以打折，比單買要便宜。因為包車的便利，在短時間內看的地方也多。其次是不用費心。行程、交通、吃住都不用自己管。有時候訂計劃對忙碌的人來説也是一種負擔。還有就是導遊的講解也能讓你長不少知識。如果是去那些語言不通又無親無故的地方，特別是第一次去，我往往會選擇跟團去。

拼　音

　　Shuōdào lǚyóu de fāngshì jiūjìng nǎ zhǒng hǎo, qíshí méiyǒu juéduì de dá'àn. Zìyóu xíng hé gēn tuán yóu, wǒ dōu chángshì guo, juéde gè yǒu gè de hǎochu. Chángcháng tīngdào rénmen shuō, gēn tuán yóu jiù xiàng shì yāzi yíyàng bèi gǎn lái gǎn qù, zhè shì bù jiǎ, kěshì zǒumǎ guānhuā yě shì ge wánrfǎ, gēn tuán de hǎochu yě yǒu bùshǎo.

　　Shǒuxiān cóng jiàqian shang kàn, gēn lǚxíngtuán wèibì jiù yídìng guì. Jīpiào、jiǔdiàn、ménpiào de tuántǐpiào kěyǐ dǎzhé, bǐ dān mǎi yào piànyi. Yīnwei bāochē de biànlì, zài duǎn shíjiān nèi kàn de dìfang yě duō. Qícì shì búyòng fèixīn. Xíngchéng、jiāotōng、chī zhù dōu búyòng zìjǐ guǎn. Yǒu shíhou dìng jìhuà duì mánglù de rén lái shuō yě shì yì zhǒng fùdān. Hái yǒu jiùshì dǎoyóu de jiǎngjiě yě néng ràng nǐ zhǎng bùshǎo zhīshi. Rúguǒ shì qù nàxiē yǔyán bù tōng yòu wúqīn wúgù de dìfang, tèbié shì dì yī cì qù, wǒ wǎngwǎng huì xuǎnzé gēn tuán qù.

第二部分　詞語表

1.	練習	liànxí	practice, drill, exercise
2.	了解	liǎojiě	understand, comprehend, discover,
3.	暑期	shǔqī	summer vacation period
4.	反應	fǎnyìng	response
5.	行程	xíngchéng	itinerary, trip, route
6.	除了	chúle	except, besides
7.	著名	zhùmíng	famous, well-known
8.	交流	jiāoliú	share, interchange, communicate
9.	項目	xiàngmù	item, programme
10.	突出	tūchū	protruding, emphasize, stress
11.	科技	kējì	science and technology
12.	紀念	jìniàn	commemorate, memento
13.	包括	bāokuò	include, consist of, contain
14.	導遊	dǎoyóu	tour guide
15.	資料	zīliào	flysheet, brochure, information
16.	隨時	suíshí	at all times
17.	航空	hángkōng	aviation, by air
18.	旺季	wàngjì	busy season
19.	保險	bǎoxiǎn	insurance, insure
20.	賠償	péicháng	indemnify (for damages, loss, etc.)
21.	報銷	bàoxiāo	apply for reimbursement
22.	詳細	xiángxì	detailed
23.	保障	bǎozhàng	safeguard, guarantee, insure
24.	核對	héduì	check, verify
25.	究竟	jiūjìng	actually, after all, in the end
26.	嘗試	chángshì	try, attempt, experiment
27.	計劃	jìhuà	plan, program
28.	知識	zhīshi	knowledge

第三部分 拼音知識及練習

一 "一"、"不"的變調

幾個音節連續讀的時候，聲調有時發生變化，這種現象叫做變調。例如"不好"中的"不"是第四聲，而"不是"中的"不"是第二聲；"一起"中的"一"是第四聲，而"一定"中的"一"是第二聲。

1. "一"的變調

普通話"一"的字調是第一聲，調值是 55。在單唸、表示序數或是處在詞句末尾的時候不變調。如：初一、單一、一九九一等。"一"的變調有下面幾種情況。

1.1. 在非四聲音節前面變為四聲，調值是 51。

1）一般 yìbān　　　　一天 yì tiān　　　　一斤 yì jīn

2）一年 yì nián　　　　一同 yìtóng　　　　一直 yìzhí

3）一晚 yì wǎn　　　　一起 yìqǐ　　　　一所 yì suǒ

1.2. 在四聲音節前面變為二聲，調值是 35。

一定 yídìng　　　一次 yí cì　　　一半 yíbàn　　　一致 yízhì

一對 yí duì　　　一味 yíwèi　　　一倍 yí bèi　　　一歲 yí suì

1.3. "一"在重疊動詞中間讀輕聲

推一推　　　　嚐一嚐　　　　數一數　　　　換一換
tuī yi tuī　　　cháng yi cháng　　shǔ yi shǔ　　huàn yi huàn

2. "不"的變調

普通話"不"的字調是第四聲，調值是 51。當"不"在第四聲音節前變為第二聲。在動詞、形容詞或動補之間讀輕聲。

不吃 bù chī　　不遲 bù chí　　不恥 bùchǐ　　不齒 búchì

不過 búguò　　不錯 búcuò　　不便 búbiàn　　不會 búhuì

吃不吃 chī bu chī　玩不玩 wánr bu wánr　想不想 xiǎng bu xiǎng　會不會 huì bu huì

多不多 duō bu duō　對不對 duì bu duì　聽不見 tīng bu jiàn　看不起 kàn bu qǐ

3. 寫出聽到的聲調，注意名量詞的搭配並朗讀

1. 一瓶酒   2. 一盤磁帶   3. 一頓飯   4. 一把香蕉

5. 一筆買賣   6. 一輛車   7. 一幫朋友   8. 一串鑰匙

4. 寫出聽到的聲調，注意"不"的聲調變化

1. 不三不四   2. 不乾不淨   3. 不大不小   4. 不清不楚

5. 不見不散   6. 不聞不問   7. 不明不白   8. 不上不下

二 聲調復習

1. 第一聲和第四聲的對比練習

1.	安然	ānrán	黯然	ànrán
2.	斑點	bāndiǎn	半點	bàndiǎn
3.	時間	shíjiān	實踐	shíjiàn
4.	消化	xiāohuà	笑話	xiàohuà
5.	豬手	zhūshǒu	助手	zhùshǒu
6.	很乖	hěn guāi	很怪	hěn guài

2. 第二聲和第三聲的對比練習

1.	大魚	dàyú	大雨	dàyǔ
2.	遊戲	yóuxì	有戲	yǒuxì
3.	淫穢	yínhuì	隱諱	yǐnhuì
4.	顏色	yánsè	眼色	yǎnsè
5.	牧童	mùtóng	木桶	mùtǒng
6.	勞工	láogōng	老公	lǎogōng

3. 聽辨練習：注意聆聽並選出正確的拼音

1. 市場	shǐcháng	shìchǎng		2. 連續	liánxú	liánxù
3. 有錢	yǒuqián	yóuqiǎn		4. 危險	wēixiǎn	wèixiǎn
5. 打擊	dǎjī	dǎjì		6. 耳朵	ěrduo	érduo
7. 星期	xīngqí	xīngqī		8. 缺乏	quèfá	quēfá
9. 筆記	bǐjì	bíjì		10. 突出	tùchū	tūchū
11. 覺得	juéde	juěde		12. 特別	tèbié	tébiè

4. 聽寫練習：注意聆聽並標出正確的聲調

上海 Shanghai	南京 Nanjing	廣州 Guangzhou	深圳 Shenzhen
成都 Chengdu	大連 Dalian	瀋陽 Shenyang	長沙 Changsha
中環 Zhonghuan	金鐘 Jinzhong	灣仔 Wanzai	旺角 Wangjiao
荃灣 Quanwan	尖沙咀 Jianshazui	佐敦 Zuodun	九龍塘 Jiulongtang

三 語音小提示

以下幾組字在粵語同音，但在普通話不同音：

1. 購 gòu	扣 kòu		2. 習 xí	集 jí
3. 匠 jiàng	像 xiàng		4. 興 xìng	慶 qìng
5. 碎 suì	稅 shuì		6. 鐘 zhōng	宗 zōng
7. 俗 sú	族 zú		8. 製 zhì	際 jì
9. 持 chí	詞 cí		10. 儲 chǔ	署 shǔ
11. 晨 chén	神 shén		12. 從 cóng	松 sōng
13. 世 shì	細 xì		14. 軸 zhóu	續 xù
15. 吸 xī	給 gěi		16. 觸 chù	粥 zhōu
17. 學 xué	鶴 hè		18. 然 rán	研 yán

第四部分 補充詞語

一 與車站、機場相關的詞語

售票處	shòupiàochù	自動售票機	zìdòng shòupiàojī
候車室	hòuchēshì	檢票口	jiǎnpiàokǒu
臥鋪	wòpù	站台	zhàntái
登機牌	dēngjī pái	寄存處	jìcún chù
頭等艙	tóuděngcāng	經濟客艙	jīngjì kècāng
行李標籤	xíngli biāoqiān	超重	chāozhòng
行李傳送帶	xíngli chuánsòngdài	手提箱	shǒutíxiāng
失物招領處	shīwù zhāolǐngchù	背包	bèibāo
安全帶	ānquándài	救生衣	jiùshēngyī

二 與證件、錢幣相關的詞語

旅行證件	lǚxíng zhèngjiàn	旅行支票	lǚxíng zhīpiào
兌換率	duìhuànlǜ	護照	hùzhào
港幣	Gǎngbì	人民幣	Rénmínbì
簽證	qiānzhèng	回鄉證	huíxiāng zhèng
出生證	chūshēngzhèng	智能身份證	zhìnéng shēnfènzhèng

三 普粵詞語對比

普通話	拼音	廣東話
1. 飯館	fànguǎn	酒樓
2. 訂旅館	dìng lǚguǎn	book 酒店
3. 收拾房間	shōushi fángjiān	執房
4. 行李箱	xínglixiāng	皮喼
5. 毛毯／毯子	máotǎn／tǎnzi	毛氈
6. 鑰匙	yàoshi	鎖匙
7. 抽屜	chōuti	櫃桶
8. 燈泡	dēngpào	燈膽
9. 吹風機	chuīfēngjī	風筒
10. 香皂	xiāngzào	番梘
11. 衛生紙	wèishēngzhǐ	廁紙
12. 箭頭	jiàntóu	箭嘴
13. 拍照／照相	pāi zhào／zhào xiàng	影相
14. 膠捲	jiāojuǎn	菲林
15. 洗照片	xǐ zhàopiàn	曬相
16. 暈船	yùnchuán	暈船浪
17. 插隊／加塞兒	chāduì／jiāsāir	打尖
18. 小禮物	xiǎo lǐwù	手信
19. 迷路	mílù	蕩失路
20. 落在車上	là zài chē shang	留咗喺車上面

第五部分　説話練習

短句練習

例　句	
1. 自助遊比較自由。	Zìzhù yóu bǐjiào zìyóu.
2. 交通和吃住的問題都要自己去解決。	Jiāotōng hé chī zhù de wèntí dōu yào zìjǐ qù jiějué.
3. 旅遊的目的也是為了了解當地的文化。	Lǚyóu de mùdì yě shì wèile liǎojiě dāngdì de wénhuà.
4. 旺季旅行的人多，成團的機會大。	Wàngjì lǚxíng de rén duō, chéngtuán de jīhuì dà.
5. 淡季去旅行，機票和酒店都沒那麼貴。	Dànjì qù lǚxíng, jīpiào hé jiǔdiàn dōu méi nàme guì.
6. 拿特區護照到這些國家可以免簽證。	Ná tèqū hùzhào dào zhèxiē guójiā kěyǐ miǎn qiānzhèng.
7. 坐火車旅行可以欣賞沿路的風光。	Zuò huǒchē lǚxíng kěyǐ xīnshǎng yánlù de fēngguāng.
8. 我的行李到現在還沒到，不知道是不是丟了。	Wǒ de xíngli dào xiànzài hái méi dào, bù zhīdào shì bu shì diū le.
9. 你買旅遊保險了嗎？	Nǐ mǎi lǚyóu bǎoxiǎn le ma?
10. 有消息我們會跟你聯繫。	Yǒu xiāoxi wǒmen huì gēn nǐ liánxì.

小組討論

1. 談談跟團遊和自助遊各有甚麼好和不好的地方。統計小組內喜歡跟團遊的人多還是喜歡自助遊的人多，並向全班作一個簡要報告。

2. 談談去內地的北方旅行坐火車好還是坐飛機好。並統計小組內喜歡坐哪種交通工具的人多，向全班作一個簡要報告。

3. 談談旺季去旅行好還是淡季去旅行好，並了解小組內各人的意見，向全班作一個簡要報告。

三 通過對話解決下列情景中的問題

1. 訂機票

> **角色 A：** 旅行社負責訂機票的職員，想急於辦完事把客人打發走，但又不能跟客人吵起來。
>
> **角色 B：** 前來買機票的客人，比較挑剔，想買到票價等各方面都滿意的票。
>
> 最後客人買了機票，不算最滿意，但結果可以接受。

2. 報旅行團

> **角色 A：** 旅行社負責報旅行團的職員，極力遊說客人參加某個團，因為人數不夠就不能成團。
>
> **角色 B：** 沒有很明確的旅行計劃，希望多了解一些資料。
>
> 最後的結果雙方都算滿意。

3. 報失行李

> **角色 A：** 機場負責行李的職員，了解丟失行李的細節，給客人提供報失用的表格等。
>
> **角色 B：** 等了很久只等到兩件行李中的一件，因為丟失的行李中有比較重要的東西，情緒有些急躁。

第8課 看病

一　對話一：你哪兒不舒服？

情景：蘇俊康搬家後不久病了，現在他來到診所看病。

普通話	拼　音	廣東話
護士： 你有覆診卡嗎？	*Hùshi:* Nǐ yǒu fùzhěnkǎ ma?	護士： 你有冇覆診卡呀？
蘇俊康： 沒有，我是第一次來這兒看病。	*Sū Jùnkāng:* Méiyǒu, wǒ shì dìyī cì lái zhèr kànbìng.	蘇俊康： 冇，我第一次嚟呢度睇醫生。
護士： 那請你把身份證給我，然後請把你的姓名、住址、聯繫電話寫在這張小紙片兒上。	*Hùshi:* Nà qǐng nǐ bǎ shēnfènzhèng gěi wǒ, ránhòu qǐng bǎ nǐ de xìngmíng、zhùzhǐ、liánxì diànhuà xiě zài zhèi zhāng xiǎo zhǐpiànr shang.	護士： 噉你拎張身份證俾我，然後將你嘅姓名、地址、聯絡電話寫喺呢張紙仔上面。
蘇俊康： 好的。	*Sū Jùnkāng:* Hǎo de.	蘇俊康： 好呀。
護士： 你填好的資料給我就行了。請到這邊來量①體重。	*Hùshi:* Nǐ tiánhǎo de zīliào gěi wǒ jiù xíng le. Qǐng dào zhèibiān lái liáng tǐzhòng.	護士： 你填好咗啲資料俾番我就得㗎喇。請你過嚟呢邊磅重。

普通話	拼　音	廣東話
蘇俊康： 要脫 ② 鞋嗎？	*Sū Jùnkāng:* Yào tuō xié ma?	蘇俊康： 使唔使除鞋呀？
護士： 對，請把鞋脫了再站在秤上。謝謝。你需要量體溫嗎？	*Hùshi:* Duì, qǐng bǎ xié tuō le zài zhàn zài chèngshang. Xièxie. Nǐ xūyào liáng tǐ wēn ma?	護士： 要，你除咗鞋再企上磅。唔該。你使唔使探熱？
蘇俊康： 我覺得渾身發冷，還是量一下兒吧。請問要等多久才能見醫生啊？	*Sū Jùnkāng:* Wǒ juéde húnshēn fālěng, háishi liáng yíxiàr ba. Qǐng wèn yào děng duōjiǔ cáinéng jiàn yīshēng a?	蘇俊康： 我覺得周身發冷，都係探吓熱啦。請問仲要等幾耐先可以見醫生呀？
護士： 還有三個人就到你了。你先坐一會兒。	*Hùshi:* Hái yǒu sān ge rén jiù dào nǐ le. Nǐ xiān zuò yíhuìr.	護士： 仲有三個就到你喇。你坐一陣先啦。
（在診症室）	(Zài zhěnzhèngshì)	（在診症室）
大夫： 你現在有點兒發燒，三十八度二。你覺得哪兒不舒服？	*Dàifu:* Nǐ xiànzài yǒudiǎnr fāshāo, sānshíbā dù èr. Nǐ juéde nǎr bù shūfu?	大夫： 你而家有啲發燒，三十八度二。你覺得邊度唔舒服呀？
蘇俊康： 我覺得頭疼、嗓子疼，好像渾身的肌肉都疼。	*Sū Jùnkāng:* Wǒ juéde tóuténg、sǎngzi téng, hǎoxiàng húnshēn de jīròu dōu téng.	蘇俊康： 我覺得頭痛、喉嚨痛、好似周身嘅肌肉都痛。
大夫： 張大嘴，讓我看看你的嗓子。打噴嚏嗎？	*Dàifu:* Zhāng dà zuǐ, ràng wǒ kànkan nǐ de sǎngzi. Dǎ pēntì ma?	大夫： 擘大口，俾我睇吓你個喉嚨。有冇打乞嚏？
蘇俊康： 打噴嚏，流鼻涕。昨天晚上開始咳嗽。	*Sū Jùnkāng:* Dǎ pēntì, liú bítì. Zuótiān wǎnshang kāishǐ késou.	蘇俊康： 有打乞嚏，流鼻水。尋晚開始咳。
大夫： 嗓子紅腫得挺厲害，發炎了。最近出門兒旅行過嗎？	*Dàifu:* Sǎngzi hóngzhǒng de tǐng lìhai, fāyán le. Zuìjìn chūménr lǚxíng guo ma?	大夫： 喉嚨紅腫得好犀利，發炎喎。最近有冇去過旅行？

普通話	拼　音	廣東話
蘇俊康： 沒有，一直忙着搬家。為了趕公司的報告，前兩天都在熬夜 ③。	*Sū Jùnkāng:* Méiyǒu, yìzhí mángzhe bānjiā. Wèile gǎn gōngsī de bàogào, qián liǎng tiān dōu zài áoyè.	**蘇俊康：** 冇，一路忙住搬屋。為咗趕埋公司份報告，前兩日都捱夜。
大夫： 現在這個季節是流行性感冒發病的高峰期，你最近大概也比較勞累。我給你開三天的藥，讓病症舒緩一些，但要抵抗感冒病毒還是要靠你自己的抵抗力。你需要多休息、多補充水分。我給你開張病假單 ④，休息一天。	*Dàifu:* Xiànzài zhège jìjié shì liúxíngxìng gǎnmào fābìng de gāofēngqī, nǐ zuìjìn dàgài yě bǐjiào láolèi. Wǒ gěi nǐ kāi sān tiān de yào, ràng bìngzhèng shūhuǎn yìxiē, dàn yào dǐkàng gǎnmào bìngdú háishi yào kào nǐ zìjǐ de dǐkànglì. Nǐ xūyào duō xiūxi、duō bǔchōng shuǐfèn. Wǒ gěi nǐ kāi zhāng bìngjiàdān, xiūxi yì tiān.	**大夫：** 而家呢個季節係流行性感冒發病嘅高峰期，你最近可能操勞得滯。我開咗三日藥俾你，等你個病症舒緩一啲，但係要抵抗感冒病毒都係要靠你自己嘅抵抗力。你要休息多啲、補充多啲水分。我開張病假紙俾你，休息一日。
蘇俊康： 謝謝。	*Sū Jùnkāng:* Xièxie.	**蘇俊康：** 唔該。
（在取藥處）	(Zài qǔyàochù)	（在取藥處）
護士： 蘇俊康。這是消炎藥，每四小時一次，一次吃一片兒，飯後吃，一定要服用完。這是止咳嗽的藥水兒和傷風藥，服用後會想睡覺。	*Hùshi:* Sū Jùnkāng. Zhè shì xiāoyányào, měi sì xiǎoshí yí cì, yí cì chī yí piànr, fànhòu chī, yídìng yào fúyòng wán. Zhè shì zhǐ késou de yàoshuǐr hé shāngfēng yào, fúyòng hòu huì xiǎng shuìjiào.	**護士：** 蘇俊康。呢啲係消炎藥，每四個鐘頭食一次，每次食一粒，飯後食，一定要食晒。呢啲係止咳藥水同埋傷風藥，食咗會眼瞓。
蘇俊康： 咳嗽藥一次喝多少？	*Sū Jùnkāng:* Késou yào yí cì hē duōshao?	**蘇俊康：** 咳藥水一次飲幾多？
護士： 一次喝一格，我可以給你一個標準勺。這是退燒止疼藥，不發燒的時候可以不吃。這一包是喉片。病假單和收據在這兒，請收好。	*Hùshi:* Yí cì hē yì gé, wǒ kěyǐ gěi nǐ yí ge biāozhǔnsháo. Zhè shì tuìshāo zhǐténgyào, bù fāshāo de shíhou kěyǐ bù chī. Zhè yì bāo shì hóupiàn. Bìngjiàdān hé shōujù zài zhèr, qǐng shōu hǎo.	**護士：** 一次飲一格，我可以俾隻標準匙羹你。呢啲係退燒止痛藥，冇燒可以唔食。呢包係喉糖。病假紙同收據喺呢度，你收好佢啦。

註釋：

① 量："量度"一詞分開單用的時候，粵語多用"度"，如：度高。普通話多用"量"，如：量體重／量體溫／量尺寸。

② 脫：粵語中的"除帽、除鞋、除眼鏡"，在普通話中要用"脫"或"摘"來代替"除"，如：脫帽／摘帽子／脫鞋／摘眼鏡。

③ 熬夜：粵語說"捱夜"，普通話說"熬夜"、"熬了兩個晚上沒睡"。

④ 病假單：普通話沒有"病假紙"的說法，粵語中的"醫生紙"、"假紙"，普通話說"醫生證明"、"假單"。

二 對話二：你好點兒了嗎？

情景：尹佳穎病倒住院了，她的朋友陳晨、姜浩來到病房看她。

普通話	拼音	廣東話
姜浩： 佳穎，怎麼樣，好點兒了嗎？	Jiāng Hào: Jiāyǐng, zěnmeyàng, hǎo diǎnr le ma?	姜浩： 佳穎，點樣呀？好啲未呀？
尹佳穎： 哦，是姜浩和陳晨啊。你們坐。我今天好多了。不過醫生說還是要打點滴。	Yǐn Jiāyǐng: Ò, shì Jiāng Hào hé Chén Chén a. Nǐmen zuò. Wǒ jīntiān hǎoduō le. Búguò yīshēng shuō háishi yào dǎ diǎndī.	尹佳穎： 咦，係姜浩同陳晨啊。你哋坐呀。我今日好番好多啦。不過醫生話仲要吊鹽水。
陳晨： 看臉色就知道你這次病得不輕。前幾天還好好兒的，怎麼忽然就病得這麼厲害呀？	Chén Chén: Kàn liǎnsè jiù zhīdào nǐ zhè cì bìng de bùqīng. Qián jǐ tiān hái hǎohāor de, zěnme hūrán jiù bìng de zhème lìhai ya?	陳晨： 睇你啲面色就知你今次病得唔輕啦。前幾日仲好哋哋，點解忽然就病得咁犀利呀？
尹佳穎： 說來話長。上個月我去內地出差就進了一回醫院。	Yǐn Jiāyǐng: Shuōláihuàcháng. Shàng ge yuè wǒ qù nèidì chūchāi jiù jìn le yì huí yīyuàn.	尹佳穎： 講起上嚟，上個月我去大陸公幹就入咗一次醫院。
姜浩： 究竟是怎麼回事啊？	Jiāng Hào: Jiūjìng shì zěnme huíshì a?	姜浩： 究竟係咩事呀？

普通話	拼　音	廣東話
尹佳穎： 那兒氣候乾燥，早晚溫差大。吃的方面，我也不太習慣。水土不服，開始是拉肚子，然後是又吐①又拉。後來在辦公室裏暈倒了，就被送進了醫院。	*Yǐn Jiāyǐng:* Nàr qìhòu gānzào, zǎowǎn wēnchā dà. Chīde fāngmiàn, wǒ yě bú tài xíguàn. Shuǐtǔ bùfú, kāishǐ shì lā dùzi, ránhòu shì yòu tù yòu lā. Hòulái zài bàngōngshì li yūndǎo le, jiù bèi sòng jìnle yīyuàn.	**尹佳穎：** 嗰度氣候乾燥，早晚溫差大。食嗰方面，我都唔係太習慣。水土不服，初頭係肚疴，然後就又疴又嘔。後來喺公司度暈咗，之後就送咗入院噃。
陳晨： 內地的醫生看得怎麼樣？	*Chén Chén:* Nèidì de yīshēng kàn de zěnmeyàng?	**陳晨：** 大陸啲醫生睇症點㗎？
尹佳穎： 那個女大夫挺細心，我聽不懂的地方，她每次都耐心地解釋。最不同的就是內地的醫生採用中西醫結合的療法，效果還挺顯著的。可是我趕着回香港，就沒再去覆診了。	*Yǐn Jiāyǐng:* Nàge nǚ dàifu tǐng xìxīn, wǒ tīng bu dǒng de dìfang, tā měi cì dōu nàixīn de jiěshì. Zuì bùtóng de jiùshì nèidì de yīshēng cǎiyòng zhōngxīyī jiéhé de liáofǎ, xiàoguǒ hái tǐng xiǎnzhù de. Kěshì wǒ gǎnzhe huí Xiānggǎng, jiù méi zài qù fùzhěn le.	**尹佳穎：** 嗰個女醫生都幾細心，我聽唔明嘅地方，佢每次都好有耐性嘅解釋俾我。最唔同嘅就係大陸啲醫生用中西醫結合嘅療法，效果都幾顯著㗎。但係我趕住返嚟香港，就冇再去覆診喇。
姜浩： 看來還是沒有好徹底啊。	*Jiāng Hào:* Kànlái háishi méiyǒu hǎo chèdǐ a.	**姜浩：** 睇嚟都係未徹底好番喎。
尹佳穎： 也許你説得對。這次又不知道是為甚麼，頭暈、吐得厲害，連喝水都吐。覺得胸悶、胸痛。昨天已經作了透視②。檢查結果還正常。驗血報告還要再等一天。	*Yǐn Jiāyǐng:* Yěxǔ nǐ shuō de duì. Zhè cì yòu bù zhīdào shì wèishénme, tóuyūn、tù de lìhai, lián hēshuǐ dōu tù. Juéde xiōng mèn、xiōng tòng. Zuótiān yǐjīng zuò le tòushì. Jiǎnchá jiéguǒ hái zhèngcháng. Yàn xiě bàogào hái yào zài děng yì tiān.	**尹佳穎：** 或者你講得啱。今次又唔知點解，頭暈、嘔得好犀利，連飲水都嘔。覺得心口作悶、心口痛。尋日已經做咗X光。檢查結果都正常。驗血報告仲要等多一日。
陳晨： 沒事就放心一點兒了。你趁這個機會好好養養身體，健康可是本錢啊，身體垮了就甚麼也幹不了了。	*Chén Chén:* Méi shì jiù fàngxīn yìdiǎnr le. Nǐ chèn zhège jīhuì hǎohǎo yǎngyang shēntǐ, jiànkāng kěshì běnqián a, shēntǐ kuǎ le jiù shénme yě gàn bu liǎo le.	**陳晨：** 冇事就放心啲噃。你趁呢個機會好好休養身體，健康係本錢嚟㗎，個人嘛咗就乜都做唔到啦。
尹佳穎： 我這次可是深有體會了。	*Yǐn Jiāyǐng:* Wǒ zhè cì kěshì shēn yǒu tǐhuì le.	**尹佳穎：** 我今次深深體會到喇。

普通話	拼　音	廣東話
姜浩： 這是新出的雜誌，精神好的時候你翻翻，解解悶兒。	*Jiāng Hào:* Zhè shì xīn chū de zázhì, jīngshen hǎo de shíhou nǐ fānfan, jiějie mènr.	姜浩： 呢本係新出嘅雜誌，精神好嗰陣你揭吓，解吓悶啦。
尹佳穎： 你們想得真周到。我知道你們忙，跑到醫院來都得抽空兒，真是過意不去。	*Yǐn Jiāyǐng:* Nǐmen xiǎng de zhēn zhōudào. Wǒ zhīdào nǐmen máng, pǎo dào yīyuàn lái dōu děi chōu kòngr, zhēnshi guòyìbúqù.	尹佳穎： 你哋真係諗得周到。我知道你哋好忙，仲特登走嚟醫院，真係過意唔去。
陳晨： 老朋友別說見外的話。你還是多休息吧，我們先走了。	*Chén Chén:* Lǎopéngyou bié shuō jiànwài de huà. Nǐ háishi duō xiūxi ba, wǒmen xiān zǒu le.	陳晨： 老友鬼鬼唔好講埋啲客氣嘢啦。你都係休息多啲啦，我哋走先喇。
尹佳穎： 那好吧，你們也要多保重身體啊。	*Yǐn Jiāyǐng:* Nà hǎo ba, nǐmen yě yào duō bǎozhòng shēntǐ a.	尹佳穎： 噉好啦，你哋都要保重身體呀。

註釋：

① 吐："嘔吐"一詞普通話口語中取"吐"，如"想吐又吐不出來"、"吐了兩次"等等，而粵語則取"嘔"。

② 透視：普通話除了説"作 X 光檢查"，也説"作透視檢查"、"拍 X 光片"，胸部的透視也叫"胸透"，在內地的醫院有機會看到"胸透室"字樣的牌子。

三　健康之道不易行

普通話

　　要保持身體的健康，應該在睡眠、飲食、運動和心境方面"多管齊下"，相信是人人都知道的常識，恐怕也是説起來容易，做起來難的一件事。

　　充足的睡眠能使人恢復體能、保持抵抗力，可是現在都市人睡眠的時間卻是大大減少，就連學齡兒童、青少年的睡覺時間也是如此。在繁忙的都市，人們要抽空兒鍛煉，而且持之以恆地做運動，難度也不小。説是飲食要衛生、有規律，營養要均衡，可是誰都得承認不管你有多努力，還是有許多因素是你控制不了，使 ② 你不易達到理想。至於心理健康方面，光 ① 是那些越來越多的情緒病新名詞，就會使你莫名其妙，搞不清楚現在的人怎麼那麼脆弱多病。

　　雖然健康之道不易行，但不可否認，現在的人是越來越長壽了。看來大家都有自己的訣竅，不妨分享一下兒，互相借鑒。

拼　音

　　Yào bǎochí shēntǐ de jiànkāng, yīnggāi zài shuìmián、yǐnshí、yùndòng hé xīnjìng fāngmiàn "duō guǎn qí xià", xiāngxìn shì rénrén dōu zhīdào de chángshí, kǒngpà yě shì shuō qilai róngyì, zuò qilai nán de yí jiàn shì.

　　Chōngzú de shuìmián néng shǐ rén huīfù tǐnéng、bǎochí dǐkànglì, kěshì xiànzài dūshì rén shuìmián de shíjiān quèshì dàdà jiǎnshǎo, jiù lián xuélíng értóng、qīngshàonián de shuìjiào shíjiān yě shì rúcǐ. Zài fánmáng de dūshì, rénmen yào chōukòngr duànliàn, érqiě chí zhī yǐ héng de zuò yùndòng, nándù yě bù xiǎo. Shuō shì yǐnshí yào wèishēng、yǒu guīlù, yíngyǎng yào jūnhéng, kěshì shéi dōu děi chéngrèn bùguǎn nǐ yǒu duō nǔlì, háishi yǒu xǔduō yīnsù shì nǐ kòngzhì bùliǎo, shǐ nǐ bú yì dádào lǐxiǎng. Zhìyú xīnlǐ jiànkāng fāngmiàn, guāng shì nàxiē yuè lái yuè duō de qíngxùbìng xīn míngcí, jiù huì shǐ nǐ mòmíng–qímiào, gǎo bu qīngchu xiànzài de rén zěnme nàme cuìruò duō bìng.

　　Suīrán jiànkāng zhī dào bú yì xíng, dàn bùkě fǒurèn, xiànzài de rén shì yuè lái yuè chángshòu le. Kànlái dàjiā dōu yǒu zìjǐ de juéqiào, bùfáng fēnxiǎng yíxiàr, hùxiāng jièjiàn.

註釋：

① 　光：表示"只"、"單單"的意思。如：光説不做。

② 　使：表示"致使"的意思時，普通話口語常常用"使"、"讓"，不説"令到"。

第二部分　詞語表

1.	覆診	fùzhěn	subsequent medical examination
2.	聯繫	liánxì	connection
3.	體重	tǐzhòng	body weight
4.	渾身	húnshēn	all over, from head to foot
5.	舒服	shūfu	comfortable, feel well
6.	嗓子	sǎngzi	the throat
7.	肌肉	jīròu	muscle
8.	噴嚏	pēntì	sneeze

9.	咳嗽	késou	cough
10.	厲害	lìhai	fierce, terrible, formidable
11.	發炎	fāyán	become inflamed, inflammation
12.	熬夜	áoyè	stay up late, stay up all night
13.	季節	jìjié	season
14.	感冒	gǎnmào	cold, the flu
15.	病症	bìngzhèng	illness, disease
16.	舒緩	shūhuǎn	ease
17.	病毒	bìngdú	virus
18.	補充	bǔchōng	supplement, replenish
19.	藥水兒	yàoshuǐr	liquid medicine
20.	打點滴	dǎ diǎndī	intravenous drip
21.	臉色	liǎnsè	look, complexion, facial expression
22.	出差	chūchāi	travel on official business
23.	乾燥	gānzào	dry, arid (ie. weather)
24.	習慣	xíguàn	be used to
25.	細心	xìxīn	careful, attentive
26.	耐心	nàixīn	patient, patience
27.	解釋	jiěshì	explain
28.	顯著	xiǎnzhù	remarkable, notable, outstanding
29.	徹底	chèdǐ	thorough, thoroughly
30.	垮	kuǎ	collapse, fall, break down
31.	體會	tǐhuì	realize, know from experience
32.	雜誌	zázhì	magazine
33.	精神	jīngshen	spirit, mind, energy
34.	抽空兒	chōukòngr	find / take the time (to do sth.)
35.	休息	xiūxi	rest, take a break, relax
36.	睡眠	shuìmián	to sleep, sleep

37.	飲食	yǐnshí	eat and drink, food and drink, diet
38.	常識	chángshí	general knowledge, common sense
39.	鍛煉	duànliàn	take exercise
40.	規律	guīlǜ	rule, law
41.	均衡	jūnhéng	balanced
42.	控制	kòngzhì	control
43.	情緒	qíngxù	spirit, mood
44.	脆弱	cuìruò	frail, fragile
45.	訣竅	juéqiào	knack, secret of doing sth.
46.	分享	fēnxiǎng	share (sth. enjoyable)
47.	借鑒	jièjiàn	profit from another's experience

第三部分　拼音知識及練習

一　普通話輕聲音節的調值

普通話輕聲的調值要依靠前一個音節的聲調來決定，有兩種形式：（一）當前面一個音節的聲調是第一、二、四聲時，後面的輕聲音節調值為 31。（二）當前面一個音節的聲調是第三聲時，後面一個輕聲音節的調值為 44。

朗讀本書課文中出現的輕聲詞語，並注意上面提到的兩種形式。

1. 第一、二、四聲音節加輕聲

　　1.1. 第一聲 ＋ 輕聲

清楚	先生	東西	斯文
生意	收拾	商量	衣服
知識	關係		

1.2. 第二聲 + 輕聲

甚麼	麻煩	名字	孩子
兒子	朋友	前頭	便宜
房子	時候	除了	胡琴

1.3. 第四聲 + 輕聲

謝謝	告訴	愛人	太太
客氣	熱鬧	粽子	帽子
地方	釦子	袖子	日子
部分	漂亮	意思	舖子

2. 第三聲音節加輕聲

喜歡	怎麼	打算	打聽	碼頭	我們

三　韻母聽寫及朗讀練習

以下練習的詞語發音都是說粵語的人容易混淆的，先注意聆聽並將正確拼音填入空格內，然後朗讀。

1. a, e, ia, ua, ie

   1.1. 請到掛 _____ 號處登記，現金不夠也 _____ 可以刷 _____ 卡。

   1.2. 代表國家 _____ 負責 _____ 貿易洽 _____ 談工作的人免不了要承受各 _____ 方壓 _____ 力。

   1.3. 汽車 _____ 煞 _____ 車失靈，還不趕快抓 _____ 緊扶手，在那兒發 _____ 甚麼傻。

2. e, o, u, ou, uo

   2.1. 哥哥 _____ 對這 _____ 類工作 _____ 很有把握 _____ ，他認

為只要多 _____ 請一個助 _____ 手幫忙就可 _____ 以了。

2.2. 天快黑了，我 _____ 們是要擴 _____ 大搜 _____ 索還是要縮 _____ 小活 _____ 動 _____ 範圍？

2.3. 這個錯 _____ 誤完全是由於 _____ 我們的疏 _____ 忽 _____ 造成的，請你原諒。

3. ai, ei, uai, uei

3.1. 奶奶 _____ 的身體日漸衰 _____ 弱，再 _____ 加上最近摔 _____ 了一跤，現在的健康情況就更差了，怎麼還 _____ 能到瑞 _____ 士去旅行呢？

3.2. 讓我們為 _____ 香港回 _____ 歸 _____ 乾杯 _____ ！

3.3. 監察上市企業是否有虧 _____ 損也是會 _____ 計師行的責任嗎？

4. i, e, ü, ie, üe

4.1. 他拒 _____ 絕 _____ 了我們的合理 _____ 要求，逼 _____ 我們出此下策。

4.2. 一般住宅的室內設 _____ 計 _____ 以實用為主，切 _____ 忌 _____ 標新立 _____ 異 _____ 。

4.3. 這是我們的戰略 _____ 機 _____ 密 _____ 千萬不能洩漏出去。

5. ao, ou, iao, iou

5.1. 考 _____ 口 _____ 試的人要 _____ 到樓 _____ 下去考，不考試的人請留 _____ 下。

5.2. 那張調 _____ 查表 _____ 你是不是丟 _____ 了？要不，怎麼還不交 _____ ？

5.3. 澳 _____ 洲客戶嫌我們的帽 _____ 子尺寸太小 _____；紐 _____ 約客戶抱 _____ 怨我們的毛 _____ 衣數量太少 _____； 歐 _____ 洲客戶説我們的照 _____ 片不夠 _____ 清楚，請你告 _____ 訴我該怎麼辦？

三　第三聲連讀變調

讀第三聲的音節在第一、二、三、四聲音節前都會產生變調，只有在單唸或是在詞語、句子的末尾才有可能讀原調 214。

1. 兩個音節連讀變調

  1.1. 第三聲在非三聲前面，變為半三聲 211。

    (1) 第三聲 + 第一聲

養花兒	寫生	野餐	網吧
yǎng huār	xiěshēng	yěcān	wǎngbā

    (2) 第三聲 + 第二聲

旅行	打球	遠足	賭博
lǚxíng	dǎ qiú	yuǎnzú	dǔbó

    (3) 第三聲 + 第四聲

演戲	武術	朗誦	影院
yǎn xì	wǔshù	lǎngsòng	yǐngyuàn

  1.2. 兩個三聲相連，前一個三聲變第二聲 35。

    (1) 第三聲 + 第三聲

考古	剪紙	養鳥兒	寫稿
kǎogǔ	jiǎnzhǐ	yǎng niǎor	xiě gǎo
廣場	旅館	表演	保險
guǎngchǎng	lǚguǎn	biǎoyǎn	bǎoxiǎn

2. 三個上聲相連的變調

三個上聲相連，因詞語內部的結構而形成以下兩種變化。

2.1. 雙單格詞語，前兩個三聲音節變為第二聲 35。

展覽品	zhǎnlǎnpǐn	⟶	zhánlánpǐn
輔導組	fǔdǎozǔ	⟶	fúdáozǔ
保守黨	bǎoshǒudǎng	⟶	báoshóudǎng
古典舞	gǔdiǎnwǔ	⟶	gúdiánwǔ

2.2. 單雙格詞語，第一個音節讀半三聲 211，中間的音節讀第二聲 35。

小雨傘	xiǎo yǔsǎn	⟶	xiǎo yúsǎn
炒米粉	chǎo mǐfěn	⟶	chǎo mífěn
買保險	mǎi bǎoxiǎn	⟶	mǎi báoxiǎn
打草稿	dǎ cǎogǎo	⟶	dǎ cáogǎo

四　語音小提示

以下幾組字在粵語同音，但在普通話不同音：

1. 百	bǎi	伯	bó	2. 不	bù	筆	bǐ
3. 丟	diū	雕	diāo	4. 麥	mài	默	mò
5. 冒	mào	慕	mù	6. 否	fǒu	剖	pōu
7. 島	dǎo	賭	dǔ	8. 逃	táo	圖	tú
9. 耐	nài	內	nèi	10. 綠	lǜ	六	liù
11. 流	liú	樓	lóu	12. 老	lǎo	擄	lǔ
13. 為	wèi	慧	huì	14. 抓	zhuā	找	zhǎo
15. 粗	cū	操	cāo	16. 左	zuǒ	阻	zǔ
17. 佳	jiā	街	jiē	18. 搜	sōu	手	shǒu
19. 石	shí	碩	shuò	20. 洩	xiè	舌	shé
21. 或	huò	劃	huà				

第四部分　補充詞語

一　身體器官

前額	qián'é	太陽穴	tàiyángxué	眉毛	méimao
眼睛	yǎnjing	鼻子	bízi	人中	rénzhōng
耳朵	ěrduo	嘴唇	zuǐchún	舌頭	shétou
智齒	zhìchǐ	喉嚨	hóulóng	肩膀	jiānbǎng
胳膊	gēbo	手腕	shǒuwàn	拇指	muzhǐ
大腿	dàtuǐ	膝蓋	xīgài	腿肚子	tuǐdùzi
血管	xuèguǎn	脊椎	jǐzhuī	神經	shénjīng

二　病症

低燒	dīshāo	噁心	ěxīn	沒精神	méi jīngshen
頭暈	tóuyūn	休克	xiūkè	沒胃口	méi wèikǒu
嘔吐	ǒutù	抽筋	chōujīn	消化不良	xiāohuà bùliáng
腫脹	zhǒngzhàng	發麻	fāmá	出虛汗	chū xūhàn
流血	liúxiě	發癢	fāyǎng	肚子脹	dùzi zhàng
哆嗦	duōsuo	牙疼	yáténg	鼻青臉腫	bíqīng liǎnzhǒng

三　疾病

傳染病	chuánrǎnbìng	腦炎	nǎoyán	心臟病	xīnzàngbìng
中暑	zhòngshǔ	霍亂	huòluàn	禽流感	qínliúgǎn
後遺症	hòuyízhèng	扭傷	niǔshāng	食物中毒	shíwù zhòngdú
高血壓	gāoxuèyā	腸炎	chángyán	瘧疾	nüèji
闌尾炎	lánwěiyán	貧血	pínxuè	痢疾	lìji
關節炎	guānjiéyán	燙傷	tàngshāng	腎結石	shènjiéshí

胃潰瘍	wèikuìyáng	肝癌	gān'ái	肺結核	fèijiéhé
糖尿病	tángniàobìng	哮喘	xiàochuǎn		

四 普粵詞語對比

普通話	拼音	廣東話
1. 急診室	jízhěnshì	急症室
2. 胸透	xiōng tòu	照 X 光
3. 做 B 超	zuò bìchāo	照超音波
4. 拔牙	báyá	剝牙
5. 腦溢血 / 中風	nǎoyìxuè ／ zhòngfēng	（腦）爆血管、中風
6. 甲亢	jiǎ kàng	大頸泡
7. 着涼	zháoliáng	冷親
8. 上火	shànghuǒ	熱氣
9. 長口瘡	zhǎng kǒuchuāng	生痱滋
10. 頭疼	tóuténg	頭赤
11. 暈乎乎	yūn hū hū	暈陀陀
12. 脫臼	tuōjiù	甩臼
13. 落枕	làozhěn	瞓厲頸
14. 崴腳	wǎi jiǎo	拗柴
15. 腿麻	tuǐ má	腳痹
16. 拉肚子	lā dùzi	肚痾
17. 癢	yǎng	痕
18. 青	qīng	瘀
19. 身體虛弱	shēntǐ xūruò	孱
20. 醫生證明	yīshēng zhèngmíng	醫生紙

第五部分　說話練習

一　短句練習

例　句	
1. 夏天很容易中暑。	Xiàtiān hěn róngyì zhòngshǔ.
2. 吃的東西不衛生或變質了，都會讓人拉肚子。	Chī de dōngxi bú wèishēng huò biànzhì le, dōu huì ràng rén lā dùzi.
3. 天氣忽冷忽熱，小心感冒。	Tiānqì hūlěng hūrè, xiǎoxīn gǎnmào.
4. 這些東西吃多了容易上火。	Zhèxiē dōngxi chī duō le róngyì shànghuǒ.
5. 睡眠不足也會讓人沒胃口。	Shuìmián bùzú yě huì ràng rén méi wèikǒu.
6. 中醫注重身體的調理和補養。	Zhōngyī zhùzhòng shēntǐ de tiáolǐ hé bǔyǎng.
7. 吃西藥見效快。	Chī xīyào jiànxiào kuài.
8. 這些藥可能會有副作用。	Zhèxiē yào kěnéng huì yǒu fùzuòyòng.
9. 預防勝於治療。	Yùfáng shèng yú zhìliáo.
10. 多吃蔬菜瓜果，少吃多油、多鹽、多糖的食品。	Duō chī shūcài guāguǒ, shǎo chī duō yóu、duō yán、duō táng de shípǐn.

二　小組討論

1. 請說說香港地區不同季節的常見病都有哪些，這些疾病的症狀是怎麼樣的。

2. 請說說現在都市人的生活習慣與健康之道是否有矛盾。你自己在養生保健方面有甚麼樣的經驗。

3. 你生病的時候會選擇看西醫還是看中醫，理由是甚麼？

三　角色扮演

請將組內同學生病看大夫或是住院的經歷綜合一下，加以改編。然後以角色扮演的方式在全班表演。

附錄

附錄一：普通話聲韻配合表

韻母 聲母		表一：開口呼												
	-i	a	o	e	ê	ai	ei	ao	ou	an	en	ang	eng	er
b		ba 巴	bo 波			bai 白	bei 杯	bao 包		ban 班	ben 奔	bang 幫	beng 崩	
p		pa 趴	po 坡			pai 拍	pei 胚	pao 拋	pou 剖	pan 潘	pen 噴	pang 乓	peng 烹	
m		ma 媽	mo 摸	me 嚜		mai 買	mei 美	mao 貓	mou 某	man 瞞	men 悶	mang 忙	meng 蒙	
f		fa 發	fo 佛				fei 飛		fou 否	fan 番	fen 分	fang 方	feng 風	
d		da 搭		de 得		dai 呆	dei 得	dao 刀	dou 都	dan 單		dang 當	deng 登	
t		ta 他		te 特		tai 胎		tao 掏	tou 偷	tan 攤		tang 湯	teng 疼	
n		na 那		ne 呢		nai 乃	nei 內	nao 腦	nou 耨	nan 難	nen 嫩	nang 囊	neng 能	
l		la 拉		le 勒		lai 來	lei 累	lao 撈	lou 摟	lan 蘭		lang 狼	leng 冷	
g		ga 嘎		ge 哥		gai 該	gei 給	gao 高	gou 溝	gan 甘	gen 根	gang 剛	geng 更	
k		ka 咖		ke 科		kai 開		kao 靠	kou 口	kan 看	ken 肯	kang 康	keng 坑	
h		ha 哈		he 喝		hai 孩	hei 黑	hao 好	hou 后	han 寒	hen 很	hang 航	heng 哼	

韻母 聲母	表一：開口呼													
	-i	a	o	e	ê	ai	ei	ao	ou	an	en	ang	eng	er
j														
q														
x														
zh	zhi 知	zha 渣		zhe 遮		zhai 摘	zhei 這	zhao 招	zhou 周	zhan 氈	zhen 真	zhang 張	zheng 爭	
ch	chi 吃	cha 插		che 車		chai 拆		chao 抄	chou 抽	chan 摻	chen 陳	chang 昌	cheng 稱	
sh	shi 師	sha 沙		she 奢		shai 篩	shei 誰	shao 燒	shou 收	shan 山	shen 深	shang 商	sheng 生	
r	ri 日			re 熱				rao 繞	rou 肉	ran 然	ren 人	rang 讓	reng 扔	
z	zi 資	za 扎		ze 則		zai 災	zei 賊	zao 遭	zou 走	zan 咱	zen 怎	zang 髒	zeng 增	
c	ci 疵	ca 擦		ce 策		cai 猜		cao 操	cou 湊	can 參	cen 岑	cang 倉	ceng 層	
s	si 思	sa 撒		se 色		sai 塞		sao 騷	sou 搜	san 三	sen 森	sang 桑	seng 僧	
		a 啊	o 哦	e 餓	ê 誒	ai 埃	ei 欸	ao 凹	ou 歐	an 安	en 恩	ang 骯	eng 鞥	er 兒

韻母 聲母	i	ia	ie	iao	iu	ian	in	iang	ing	iong
					表二：齊齒呼					
b	bi 逼		bie 別	biao 標		bian 邊	bin 賓		bing 兵	
p	pi 批		pie 瞥	piao 漂		pian 偏	pin 拼		ping 乒	
m	mi 迷		mie 滅	miao 苗	miu 繆	mian 面	min 民		ming 明	
f										
d	di 低		die 跌	diao 刁	diu 丟	dian 顛			ding 丁	
t	ti 梯		tie 貼	tiao 挑		tian 天			ting 聽	
n	ni 妮		nie 捏	niao 鳥	niu 牛	nian 拈	nin 您	niang 娘	ning 寧	
l	li 離	lia 倆	lie 列	liao 了	liu 溜	lian 連	lin 林	liang 涼	ling 零	
g										
k										
h										
j	ji 基	jia 加	jie 街	jiao 交	jiu 究	jian 兼	jin 金	jiang 江	jing 經	jiong 窘
q	qi 七	qia 恰	qie 切	qiao 敲	qiu 秋	qian 千	qin 親	qiang 槍	qing 青	qiong 窮
x	xi 西	xia 蝦	xie 些	xiao 消	xiu 休	xian 先	xin 新	xiang 香	xing 星	xiong 兄

韻母 聲母	表二：齊齒呼									
	i	ia	ie	iao	iu	ian	in	iang	ing	iong
zh										
ch										
sh										
r										
z										
c										
s										
Ø	yi 衣	ya 鴨	ye 椰	yao 腰	you 優	yan 煙	yin 因	yang 央	ying 英	yong 庸

韻母 聲母	表三：合口呼									
	u	ua	uo	uai	ui	uan	un	uang	ueng	ong
b	bu 不									
p	pu 撲									
m	mu 母									
f	fu 夫									
d	du 都		duo 多		dui 堆	duan 端	dun 敦			dong 東
t	tu 突		tuo 脫		tui 推	tuan 團	tun 吞			tong 通
n	nu 努		nuo 諾			nuan 暖				nong 農
l	lu 路		luo 蘿			luan 亂	lun 輪			long 龍
g	gu 姑	gua 瓜	guo 郭	guai 乖	gui 歸	guan 關	gun 滾	guang 光		gong 公
k	ku 哭	kua 誇	kuo 廓	kuai 快	kui 虧	kuan 寬	kun 昆	kuang 筐		kong 空
h	hu 呼	hua 花	huo 活	huai 懷	hui 灰	huan 歡	hun 婚	huang 荒		hong 轟
j										
q										
x										

韻母 / 聲母	u	ua	uo	uai	ui	uan	un	uang	ueng	ong
表三：合口呼										
zh	zhu 豬	zhua 抓	zhuo 桌	zhuai 拽	zhui 追	zhuan 專	zhun 准	zhuang 裝		zhong 中
ch	chu 出	chua 欻	chuo 戳	chuai 揣	chui 吹	chuan 川	chun 春	chuang 窗		chong 充
sh	shu 書	shua 刷	shuo 説	shuai 衰	shui 水	shuan 拴	shun 順	shuang 雙		
r	ru 如		ruo 若		rui 瑞	ruan 軟	run 潤			rong 榮
z	zu 租		zuo 坐		zui 最	zuan 鑽	zun 尊			zong 宗
c	cu 粗		cuo 錯		cui 崔	cuan 躥	cun 村			cong 聰
s	su 蘇		suo 縮		sui 雖	suan 酸	sun 孫			song 松
Ø	wu 烏	wa 挖	wo 窩	wai 歪	wei 威	wan 灣	wen 溫	wang 汪	weng 翁	

韻母　　　　聲母	表四：撮口呼			
	ü	üe	üan	ün
b				
p				
m				
f				
d				
t				
n	nü 女	nüe 虐		
l	lü 呂	lüe 略		
g				
k				
h				
j	ju 居	jue 決	juan 捐	jun 軍
q	qu 區	que 缺	quan 圈	qun 群
x	xu 需	xue 靴	xuan 宣	xun 勳

韻母 聲母	表四：撮口呼			
	ü	üe	üan	ün
zh				
ch				
sh				
r				
z				
c				
s				
Ø	yu 迂	yue 約	yuan 冤	yun 暈

附錄二：輕聲詞語表

1	àiren	愛人 *	26	gēbo	胳膊 *	51	máfan	麻煩 *
2	bàba	爸爸 *	27	gēge	哥哥 *	52	māma	媽媽 *
3	bàngzi	棒子 *	28	gōnggong	公公 *	53	màozi	帽子 *
4	bízi	鼻子 *	29	gūgu	姑姑 *	54	méi guānxi	沒關係
5	bóbo	伯伯	30	guìzi	櫃子 *	55	méimao	眉毛 *
6	chāzi	叉子	31	háishi	還是	56	mèimei	妹妹 *
7	chuānghu	窗戶 *	32	háizi	孩子 *	57	míngzi	名字 *
8	chúle	除了 *	33	huāshao	花哨	58	nǎinai	奶奶 *
9	dàifu	大夫 *	34	húntun	餛飩	59	nàme	那麼 *
10	dàozi	稻子 *	35	hùshi	護士 *	60	nǐmen	你們 *
11	dāozi	刀子 *	36	jiǎozi	餃子 *	61	pàngzi	胖子 *
12	dǎsuan	打算 *	37	jiějie	姐姐 *	62	pánzi	盤子 *
13	dèngzi	凳子	38	jièzhi	戒指 *	63	péngyou	朋友 *
14	dìdi	弟弟 *	39	jīngshen	精神 *	64	piányi	便宜 *
15	dìfang	地方 *	40	jiùjiu	舅舅 *	65	pópo	婆婆 *
16	dōngxi	東西 *	41	juéde	覺得	66	qiántou	前頭 *
17	dòuzi	豆子 *	42	júzi	橘子 *	67	qiézi	茄子 *
18	duōshao	多少	43	kèqi	客氣 *	68	qīngchu	清楚 *
19	duōsuo	哆嗦	44	késou	咳嗽 *	69	qúnzi	裙子 *
20	dùzi	肚子 *	45	kuānchang	寬敞	70	rènao	熱鬧 *
21	ěrduo	耳朵 *	46	lǎolao	姥姥 *	71	rénmen	人們 *
22	érzi	兒子 *	47	lǎoye	姥爺 *	72	rènshi	認識 *
23	fángzi	房子 *	48	lǐbian	裏邊	73	sǎngzi	嗓子 *
24	gàoshi	告示	49	lìhai	厲害 *	74	shāngliang	商量 *
25	gàosu	告訴 *	50	lìji	痢疾 *	75	sháozi	勺子 *

76	shēnfen	身份	88	wánzi	丸子	100	yāzi	鴨子 *
77	shénme	甚麼 *	89	wáwa	娃娃 *	101	yéye	爺爺 *
78	shétou	舌頭 *	90	wǒmen	我們 *	102	yīfu	衣服 *
79	shíhou	時候 *	91	xiǎnde	顯得	103	yǐzi	椅子 *
80	shōushi	收拾 *	92	xiānsheng	先生 *	104	yòuzi	柚子 *
81	shūfu	舒服 *	93	xiāoxi	消息 *	105	zěnme	怎麼 *
82	shūshu	叔叔 *	94	xièxie	謝謝 *	106	zhème	這麼 *
83	tàitai	太太 *	95	xǐhuan	喜歡 *	107	zhēnxian	針線
84	tóufa	頭髮 *	96	xíngli	行李 *	108	zhīshi	知識 *
85	wàibian	外邊	97	xiūxi	休息 *	109	zhuózi	鐲子
86	wàitou	外頭	98	xuēzi	靴子 *	110	zhuōzi	桌子 *
87	wǎnshang	晚上 *	99	yǎnjing	眼睛 *	111	zòngzi	粽子 *

説明：

① 帶 * 號的詞語是《普通話水平測試實施綱要》中"普通話水平測試用必讀輕聲詞語表"列為必讀輕聲的詞語。

② 其餘詞語依據《現代漢語詞典》第 5 版（2005）歸為輕聲詞語。

附錄三：説話練習項目總表

1. 在新公司第一天上班，請你向參加歡迎會的各位同事介紹一下你自己。

2. 在中港兩地的交流活動中，把你的同事／領導介紹給接待你們的有關人士。

3. 在熟朋友聚會中，介紹一下你在這個班新認識的一位同學。

4. 班上的同學到你家作客，請把他們介紹給你的家人。

5. 電話查詢

甲和乙是電話查號台的接線員，需要快速、清楚地回答查詢。以下是一些機構的電話號碼，看誰可以在一定的時間內服務的客人最多。

長沙路上海飯店	Chángshālù Shànghǎi Fàndiàn	690083
南京路游泳館	Nánjīnglù yóuyǒngguǎn	276591
旺角快餐廳	Wàngjiǎo Kuàicāntīng	243309
佐敦酒家	Zuǒdūn Jiǔjiā	352897
九龍文化中心	Jiǔlóng Wénhuà Zhōngxīn	905837
尖沙咀圖書公司	Jiānshāzuǐ Túshū Gōngsī	135078
中環酒店	Zhōnghuán Jiǔdiàn	705649
金鐘幼兒園	Jīnzhōng Yòu'éryuán	176262
灣仔會議中心	Wānzǎi Huìyì Zhōngxīn	356483
荃灣利達行	Quánwān Lìdáháng	901867

6. 三人一組，做一段非正式場合的電話對話

角色 A：	打電話找熟人 C 說說關於一起去打球的事，可是第一次的電話打錯了。
角色 B：	正在嘈雜的環境裏，接到一個打錯了的電話，很不耐煩。
角色 C：	正想告訴 A 要更改打球的時間。

7. 電話留言

　　兩人一組，一位同學做一段電話留言，提供給朋友有關一起去活動的信息，如見面時間、地點、活動內容（如：看電影、買東西、聽演唱會）等。另一位同學將留言復述一遍。

8. 正式場合的電話對話

　　兩人一組，做一段較為正式場合的電話對話。作為公司的代表邀請另一個公司的領導人前來參加重要的活動，並擔任嘉賓發言。

9. 請告訴大家從你家（或你工作的地方）到中文大學（或是現在上課的地方）可以怎麼走。

10. 你在尖沙咀地鐵站裏，有幾位內地的遊客拿着地圖問你去海洋公園怎麼走。現在請你告訴他們坐甚麼車，怎麼走。

11. 兩人一組，請按照老師提供的資料作一個問路的對話。

12. 請跟班上的同學說說昨天的三餐是在哪裏吃的？ 吃的是甚麼？

13. 請向下列不同的對象介紹一家你認為值得去的餐廳，並說說值得去的理由。

　　A.　幾個很想了解粵式飲食文化的內地朋友

　　B.　幾個很想了解香港是多元化的美食天堂的外國朋友

　　C.　幾個住在香港又吃膩了廣東菜的朋友

14. 3–4 人一組，請為下列不同的目的打電話叫外賣

　　A.　詢問本組的成員午餐或晚餐想吃甚麼，然後打電話叫外賣

　　B.　與本組的成員商量開生日會想叫的食物，然後打電話訂餐

15. 兩人一組，根據老師提供的資料做一個邀請朋友參加節慶活動的對話。

16. 請跟班上的同學說一個你覺得過得最有意思的節慶假期。

17. 小組分享，看看各個家庭對傳統節日重視的程度如何。

18. 請向內地來交流訪問的客人們介紹香港人過節的習俗。

19. 兩人一組，一人扮地產中介，一人扮想租房子或者買房子的人，根據老師提供的資料，做一個會話。

20. 請向內地的朋友介紹一下香港一般的居住環境。

21. 請向班上的同學介紹一下你家裏的客廳（或是廚房、臥室）都有些甚麼家俱和電器，怎麼擺能更省地方。

22. 請向內地的朋友說說在香港租房子或買房子都有哪些步驟，都需要注意些甚麼問題。

23. 請向班上同學介紹一個你最喜歡去的購物中心。

24. 請向內地來的朋友介紹一個買衣服或是電器用品的地方，並說說如果想買檔次不同的貨品應該到甚麼地方去，買的時候需要注意些甚麼。

25. 首先由老師邀請一位同學，請他把班另一位同學的名字交給老師，然後讓班同學輪流提問，猜出是哪一位同學，出題同學只可以回答是或者不是。問題可以圍繞那位同學的服飾特徵。

26. 兩人一組，根據老師提供的資料作一段買東西的會話。

27. 如果你是推介香港的旅遊大使，請做一個三分鐘的短講，向外地的客人宣傳"香港是一個購物天堂"。

28. 談談跟團遊和自助遊各有甚麼好和不好的地方。統計小組內喜歡跟團遊的人多還是喜歡自助遊的人多。並向全班作一個簡要報告。

29. 談談去內地的北方旅行坐火車好還是坐飛機好。並統計小組內喜歡坐哪種交通工具的人多。並向全班作一個簡要報告。

30. 談談旺季去旅行好還是淡季去旅行好。並了解小組內各人的意見，向全班作一個簡要報告。

31. 通過對話解決下列情景中的問題

訂機票

> **角色 A**：旅行社負責訂機票的職員，想急於辦完事把客人打發
> 走，但不能跟客人吵起來。
>
> **角色 B**：前來買機票的客人，比較挑剔，想買到票價等各方面都
> 滿意的票。
>
> 最後客人買了機票，不算最滿意，但結果可以接受。

報旅行團

> **角色 A**：旅行社負責報旅行團的職員，極力遊說客人參加某個團，因為
> 人數不夠就不能成團。
>
> **角色 B**：沒有很明確的旅行計劃，希望多了解一些資料。
>
> 最後的結果雙方都算滿意。

報失行李

> **角色 A**：機場負責行李的職員，了解丟失行李的細節，給客人提
> 供報失用的表格，等等。
>
> **角色 B**：等了很久只等到兩件行李中的一件，因為丟失的行李中
> 有比較重要的東西，情緒有些急躁。

附錄四：詞語總表

		A	
8/12	熬夜	áoyè	stay up late, stay up all night

		B	
1/7	辦公桌	bàngōngzhuō	desk in an office
4/1	幫忙	bāngmáng	help out, do a favour
7/13	包括	bāokuò	include, consist of, contain
7/19	保險	bǎoxiǎn	insurance, insure
7/23	保障	bǎozhàng	safeguard, guarantee, insure
6/6	保證	bǎozhèng	guarantee, pledge
7/21	報銷	bàoxiāo	apply for reimbursement
3/22	必須	bìxū	must, have to
3/3	別客氣	bié kèqi	that all right, you are welcome
8/17	病毒	bìngdú	virus
8/15	病症	bìngzhèng	illness, disease
8/18	補充	bǔchōng	supplement, replenish
6/3	佈置	bùzhì	arrange, set up, lay out

		C	
4/10	菜單	càidān	menu
6/5	參觀	cānguān	visit (like as an observer, tourist, etc.)
8/38	常識	chángshí	general knowledge, common sense
7/26	嘗試	chángshì	try, attempt, experiment
6/14	場合	chǎnghé	occasion
4/15	炒	chǎo	fry, stir-fry
3/19	車輛	chēliàng	vehicles
8/29	徹底	chèdǐ	thorough, thoroughly
3/15	乘客	chéngkè	passenger(s)

6/19	尺寸	chǐcùn	size
8/34	抽空兒	chōukòngr	find/take the time (to do sth.)
8/22	出差	chūchāi	travel on official business
7/6	除了	chúle	except, besides
3/6	穿過	chuānguò	pass through
8/44	脆弱	cuìruò	frail, fragile
2/6	錯	cuò	wrong

		D	
8/20	打點滴	dǎ diǎndī	intravenous drip
6/17	打折	dǎzhé	sell at a discount
3/5	大概	dàgài	probably
2/5	大聲	dàshēng	loud
6/22	大型	dàxíng	large, large-scale
3/2	倒車	dǎochē	change transport
7/14	導遊	dǎoyóu	tour guide
3/9	地鐵	dìtiě	subway
4/14	點菜	diǎncài	order (in restaurant)
6/25	電器	diànqì	electric appliance
8/39	鍛煉	duànliàn	take exercise
2/1	對不起	duìbuqǐ	excuse me; sorry

		E	
1/22	兒子	érzi	son

		F	
6/2	發現	fāxiàn	discover, find (sth. unknown, etc.)
8/11	發炎	fāyán	become inflamed, inflammation
2/9	發展部	fāzhǎnbù	Department of Development
5/2	煩惱	fánnǎo	be vexed, be worried
5/28	反映	fǎnyìng	reflect, report (like to higher authorities)

7/4	反應	fǎnyìng	response
1/14	方便	fāngbiàn	convenient
8/46	分享	fēnxiǎng	share (sth. enjoyable)
6/8	風靡	fēngmǐ	be fashionable, be the rage
5/12	夫婦	fūfù	husband and wife
3/16	服務	fúwù	service, serve
4/19	服務員	fúwùyuán	attendant, service person
8/1	覆診	fùzhěn	subsequent medical examination

G

5/30	改善	gǎishàn	improve
4/8	甘	gān	sweet (in contrast to bitter "kǔ")
4/25	乾淨	gānjìng	clean, neat
8/23	乾燥	gānzào	dry, arid (ie. weather)
8/14	感冒	gǎnmào	cold, the flu
1/9	告訴	gàosu	tell
3/23	格外	géwài	especially
2/14	公司	gōngsī	company
1/15	工作	gōngzuò	work, occupation, job
4/18	夠	gòu	enough
3/7	拐	guǎi	turn, change direction
5/27	管理	guǎnlǐ	manage, administer, control
4/7	慣	guàn	be used to
4/6	廣場	guǎngchǎng	plaza, square
5/18	規劃	guīhuà	to plan (long-term)
8/40	規律	guīlǜ	rule, law
2/11	貴姓	guìxìng	(pol.) your surname

H

| 1/18 | 孩子 | háizi | child, children |

7/17	航空	hángkōng	aviation, by air
2/7	號碼	hàomǎ	number
7/24	核對	héduì	check, verify
6/4	合適	héshì	be suitable, fit
6/24	化妝	huàzhuāng	make-up
1/6	歡迎	huānyíng	welcome
5/25	環境	huánjìng	environment, surroundings
4/16	葷菜	hūncài	dishes of meat, fish, chicken, etc.
8/4	渾身	húnshēn	all over, from head to foot

J

8/7	肌肉	jīròu	muscle
2/16	急事	jíshì	urgent matter
5/10	擠	jǐ	press (of people), crowded, narrow
7/27	計劃	jìhuà	plan, program
8/13	季節	jìjié	season
7/12	紀念	jìniàn	commemorate, memento
7/8	交流	jiāoliú	share, interchange, communicate
3/8	交通	jiāotōng	traffic
3/1	叫	jiào	to be called
3/18	街道	jiēdào	street, road
8/27	解釋	jiěshì	explain
8/47	借鑒	jièjiàn	profit from another's experience
1/25	介紹	jièshào	introduce
1/4	經理	jīnglǐ	manager
2/10	經理室	jīnglǐshì	the manager office
8/33	精神	jīngshen	spirit, mind, energy
7/25	究竟	jiūjìng	actually, after all, in the end
5/13	絕對	juéduì	absolute
8/45	訣竅	juéqiào	knack, secret of doing sth.

8/41	均衡	jūnhéng	balanced

		K	
4/4	咖啡	kāfēi	coffee
5/15	考慮	kǎolǜ	consider, think over
7/11	科技	kējì	science and technology
8/9	咳嗽	késou	cough
4/22	恐怕	kǒngpà	I'm afraid
8/42	控制	kòngzhì	control
8/30	垮	kuǎ	collapse, fall, break down
6/12	款式	kuǎnshì	pattern, design

		L	
4/13	辣	là	hot, spicy
2/17	勞駕	láojià	excuse me
8/10	厲害	lìhai	fierce, terrible, formidable
8/21	臉色	liǎnsè	look, complexion, facial expression
8/2	聯繫	liánxì	connection
7/1	練習	liànxí	practice, drill, exercise
7/2	了解	liǎojiě	understand, comprehend, discover,
5/6	鄰居	línjū	neighbour
3/14	靈活	línghuó	flexible, elastic
6/7	流行	liúxíng	popular, fashionable, in vogue
1/20	旅遊	lǚyóu	travel, tourism
3/10	輪渡	lúndù	ferry

		M	
1/10	麻煩	máfɑn	trouble
6/26	賣點	màidiǎn	selling point
4/21	滿足	mǎnzú	satisfied, contented

5/3	忙亂	mángluàn	to be in a rush and a muddle
1/5	秘書	mìshū	secretary
4/29	免費	miǎnfèi	free of charge

N			
4/5	奶茶	nǎichá	tea with milk
8/26	耐心	nàixīn	patient, patience
1/19	女兒	nǚ'ér	daughter

P			
7/20	賠償	péicháng	indemnify (for damages, loss, etc.)
8/8	噴嚏	pēntì	sneeze
1/11	朋友	péngyou	friend
5/16	碰	pèng	meet
3/12	便宜	piányi	cheap, inexpensive

Q			
5/20	齊全	qíquán	complete, ready
1/17	巧	qiǎo	coincidence
2/4	清楚	qīngchu	clear
8/43	情緒	qíngxù	spirit, mood
1/1	請問	qǐngwèn	excuse me, I have a question ...

R			
4/3	熱狗	règǒu	hot dog (food item)
6/28	認為	rènwéi	think (opinion)

S			
8/6	嗓子	sǎngzi	the throat
5/17	商量	shāngliang	negotiate, discuss
5/8	傷腦筋	shāng nǎojīn	be a headache, be troublesome

6/15	設計	shèjì	design; devise
5/21	社區	shèqū	community
5/19	設施	shèshī	facilities
1/21	攝影	shèyǐng	take a photograph
6/23	甚至	shènzhì	even, go so far as to
5/14	省	shěng	save
4/27	食品	shípǐn	food, foodstuffs, provisions
5/7	實用	shíyòng	actual use, practical
2/8	試	shì	to try
6/21	世界	shìjiè	the world
5/24	市民	shìmín	city residents
3/11	收費	shōufèi	fees
5/4	收拾	shōushi	put in order
8/5	舒服	shūfu	comfortable, feel well
8/16	舒緩	shūhuǎn	ease
3/17	熟悉	shúxī	know very well
7/3	暑期	shǔqī	summer vacation period
8/36	睡眠	shuìmián	to sleep, sleep
4/26	斯文	sīwen	refined, polit, cultured
4/12	酸	suān	sour
4/11	隨便	suíbiàn	as one wishes, as one pleases, careless
7/16	隨時	suíshí	at all times

T

6/16	特價	tèjià	special (low) price
6/27	特色	tèsè	special characteristic, distinctive feature
8/31	體會	tǐhuì	realize, know from experience
8/3	體重	tǐzhòng	body weight
3/1	天橋	tiānqiáo	Pedestrians' overpass
4/17	甜點	tiándiǎn	sweet snacks, sweet dim sum
2/3	聽	tīng	listen to

1/13	挺	tǐng	very, quite
5/1	投機	tóujī	speculate in stock market
6/13	投訴	tóusù	lodge a complaint
7/10	突出	tūchū	protruding, emphasize, stress
2/13	圖書	túshū	books
4/28	推廣	tuīguǎng	promotion
4/24	推薦	tuījiàn	recommend

W

3/21	外地	wàidì	abroad
4/2	外賣	wàimài	take-away (food)
7/18	旺季	wàngjì	busy season
3/24	危險	wēixiǎn	dangerous
5/26	衛生	wèishēng	health, hygiene
1/24	衛生署	Wèishēngshǔ	Department of health
2/12	文化	wénhuà	culture

X

8/24	習慣	xíguàn	be used to
1/12	喜歡	xǐhuan	like, be fond of
4/9	喜酒	xǐjiǔ	wedding banquet
8/25	細心	xìxīn	careful, attentive
5/9	顯得	xiǎnde	to look, to seem
8/28	顯著	xiǎnzhù	remarkable, notable, outstanding
6/9	現象	xiànxiàng	phenomenon
7/22	詳細	xiángxì	detailed
7/9	項目	xiàngmù	item, programme
6/10	消費者	xiāofèizhě	consumer
6/18	效果	xiàoguǒ	effect, result
5/5	孝順	xiàoshùn	to show filial respect
7/5	行程	xíngchéng	itinerary, trip, route

3/20	行駛	xíngshǐ	go (of vehicle or ship)
1/2	姓	xìng	surname
6/1	興趣	xìngqù	interest
8/35	休息	xiūxi	rest, take a break, relax
6/20	袖子	xiùzi	sleeve
1/8	需要	xūyào	need, require
6/11	選擇	xuǎnzé	choose, select

Y

8/19	藥水兒	yàoshuǐr	liquid medicine
1/16	醫院	yīyuàn	hospital
8/37	飲食	yǐnshí	eat and drink, food and drink, diet
2/15	營業員	yíngyèyuán	sales excutive
3/13	有軌電車	yǒuguǐ diànchē	streetcar, trolley, tram
1/23	幼兒園	yòu'éryuán	kindergarten, nursery school

Z

8/32	雜誌	zázhì	magazine
2/2	找	zhǎo	look for
5/23	診所	zhěnsuǒ	clinic
5/29	爭取	zhēngqǔ	strive to
3/4	知道	zhīdào	know
7/28	知識	zhīshi	knowledge
4/30	值	zhí	be worth
4/20	眾口難調	zhòng kǒu nán tiáo	it is difficult to cater for all tastes
7/7	著名	zhùmíng	famous, well-known
5/22	住宅	zhùzhái	residence, dwelling, house
2/18	轉告	zhuǎngào	send word
7/15	資料	zīliào	flysheet; brochure; information
5/11	自然	zìrán	naturally; of course
4/23	自助餐	zìzhùcān	buffet

練習參考答案

第 1 課 介紹

P7 第三部分 六 音節聽辨練習

1. B	2. A	3. A	4. C	5. B
6. A	7. C	8. B	9. A	10. A
11. C	12. A	13. A	14. C	15. C
16. B	17. A	18. B	19. B (A)*	20. A

* 紀，作為姓，《現代漢語詞典》的標音為 Jǐ，同時也說 "近年也有讀 jì 的。

第 2 課 打電話

P18 第三部分 一 3. 聽寫練習

1. Táiběi	2. nèizài	3. hǎoshòu
4. gòuzào	5. xiàxiè	6. jiēqià
7. jiéyuē	8. yàojiǔ	9. diūdiào
10. guāguǒ	11. guóhuà	12. wàihuì
13. huǐhuài	14. huíhuà	15. kāihuì

第 3 課 問路

P.29 第三部分 一 2. 請將帶點詞語的複韻母寫在空格裏

2.1	yòu, guǎi, guò, hòu, huì, jiào, jiù, zài, zuǒ
2.2	gāi, tiáo, běi, zǒu, gài, jiù, dào, zuò
2.3	kǒu, jiē, qiáo, huò, suì, dào
2.4	duì, iě(yě), bié

第 4 課 點菜

P40 第三部分 一 3 聆聽並選出正確的鼻音韻母

1. C	2. A	3. B	4. B	5. A	6. C
7. B	8. C	9. C	10. B	11. A	12. B

P41. 第三部分 一 4. 聽寫練習

1. dāngrán	2. zhēnzhèng	3. xīnxíng
4. xúnhuán	5. guāngguāng	6. Túnmén
7. qiánxiàn	8. huāngluàn	9. yǐngxiǎng
10. qióngkùn	11. gōngyuán	12. xiàngpiàn
13. bāngmáng	14. cāntīng	15. dànhuáng

第 5 課 居住

P54. 第三部分 一 4. 聽寫聲母練習

1. dìtiě	2. bǎomì	3. tàidù
4. lǚkè	5. fèipiào	6. bàituō
7. pāimài	8. hòulái	9. gùkè
10. nǚhái	11. nàoguǐ	

P54. 5. 將帶點的詞語的拼音寫出來

5.1	wàng, wǎn, wén, wù, wàn, wǎng
5.2	huò, huǎng, kuǎn, hūn, xùn
5.3	mí, ní, zhì, tū, tè
5.4	xǔ, xī, kāng, qì, qì, kè, xiào, xìng

P57 第三部分 二 5. 聽寫及朗讀練習

5.1	1)	jǐ, jiàn, jí, jiǎn, jiě
	2)	quán, quàn, qì
	3)	xué, xí, xiū, xi, xū, xié
5.2	1)	zhè, zhì, shì, shí
	2)	chè, chéng, cháng, chī
	3)	shī, shì, shāng, shàng, cháng
	4)	rú, rì, rán, rèn
5.3	1)	zuò, zī, zēng
	2)	céng, cè, cì
	3)	sài, sōng, sàng

第 6 課 逛街

P69-70. 第三部分 二 3. 聽寫及朗讀練習

3.1	1)	yán, màn, yán, yán, yǐn
	2)	jiān, jìn, kàn, jiàn
	3)	shàn, biàn, qiān, qián, rán
3.2	1)	téng, tòng, zhēn, bìng
	2)	běn, bìng, xìng, míng, píng, zhèng, míng
	3)	mèng, xíng, héng, pèng, fēng, shēn, lěng, xǐng
3.3	1)	chuán, chuáng, yūn
	2)	jūn, zhuān, zūn
	3)	yuàn, quán, cún, quàn, qún
	4)	suàn, xuān, xuǎn, yuàn
	5)	shuāng, shāng, sǔn
	6)	yǔn, ruǎn

第 7 課 旅行

P84. 第三部分 一 3. 寫出聽到的聲調，注意名量詞的搭配並朗讀

1. yì píng jiǔ	2. yì pán cídài	3. yí dùn fàn
4. yì bǎ xiāngjiāo	5. yì bǐ mǎimai	6. yí liàng chē
7. yì bāng péngyou	8. yí chuàn yàoshi	

P84. 第三部分 一 4. 寫出聽到的聲調，注意 "不" 的聲調變化

1. bù sān bú sì	2. bù gān bú jìng	3. bú dà bù xiǎo
4. bù qīng bù chǔ	5. bú jiàn bú sàn	6. bù wén bú wèn
7. bù míng bù bái	8. bú shàng bú xià	

P85. 第三部分二 4. 聽寫練習

Shànghǎi	Nánjīng	Guǎngzhōu	Shēnzhèn
Chéngdū	Dàlián	Shěnyáng	Chángshā
Zhōnghuán	Jīnzhōng	Wānzǎi	Wàngjiǎo
Quánwān	Jiānshāzuǐ	Zuǒdūn	Jiǔlóngtáng

第 8 課 看病

P99. 第三部分 二 1. a, e, ia, ua, ie

1.1	guà, yě, shuā
1.2	jiā, zé, qià, gè, yā
1.3	chē, shā, zhuā, fā

第三部分 二 2. e, o, u, ou, uo

2.1	ge, zhè, zuò, wò, duō, zhù, kě
2.2	wǒ, kuò, sōu, suō, huó, dòng
2.3	cuò, yú, shū, hu

P100. 第三部分 二 3. ai, ei, uai, uei

3.1	nai, shuāi, zài, zuì, shuāi, hái, ruì
3.2	wèi, huí, guī, bēi
3.3	kuī, kuài

第三部分 二 4. i, e, ü, ie, üe

4.1	jù, jué, lǐ, bī
4.2	shè, jì, qiè, jì, lì, yì
4.3	lüè, jī, mì, xiè

第三部分 二 5. ao, ou, iao, iou

5.1	kǎo, kǒu, yào, lóu, liú
5.2	diào, biǎo, diū, jiāo
5.3	Ào, mào, xiǎo, Niǔ, bào, máo, shǎo, Ōu, zhào, gòu, gào